決断

浅井長政とお市

江竜 喜信

◆目　次◆

お市の輿入れ

美濃から近江に入った。

登り坂が続き、舁《か》き手の息遣いがとみに荒くなってきた。

そんな外の様子に気づいたお市は御簾を少し上げ、内からうかがっている。

輿にぴったりと寄り添い輿付きとして供奉している不破光治河内守が言う。

「ここからが、浅井様のご領地でございます。このあたりは、一番きつい登りでございます。舁き手を交代させましょう」

近江に入りほっとした気持ちが言葉に現れていた。美濃国はすでに織田信長が征していたが、まだ反動ののろしが上がらないとはいいきれない。

「いよいよですね」お市が声をかけた。

「近江国には琵琶の湖が真ん中にでんと控えております」と応じると、

「お山から眺められるでしょうか」と心持ち弾んだ声がかえってきた。

「もちろん眺められますとも」

「三河守（藤掛永勝）、そなたも琵琶の湖を見るのは初めてでしょう」

「もちろんでございます」

思いもかけない言葉をかけられて、虚を衝かれたように応えた。

この藤掛永勝は、お市を介添えする役に抜擢され、まだ十一歳で信長に仕えたばかりだが大仕事を申しつけられたのだった。というのも、彼の父は織田家の末流で、彼の幼いころ死別していたところを見出されたのである。

お市が小谷に嫁いでからこの先、度重なる逆境に翻弄されていくなか、お市の身の処し方に腐心しながら支え続けることになる。

永勝にしても案じていた美濃国を無事通過し緊張が和らいだところだった。

「いよいよお城が近づいてまいりました」

と、額ににじんだ汗を掌でいく度もぬぐっている。

不破光治河内守もすかさず、

「ご休憩所では輿から降り立ちゆっくりと近江国の空気を吸い込んでくだされ。そこには奉迎の者たちが今か今かと心待ちでおることでございましょう」と、お市に伝えた。

それを聞き取ったのがはずみになってかお市は御簾を下した。というのも、近江国に入ったということで、なぜかしらお市は胸騒ぎを覚えたのだ。

（いまさらおたおたしたって始まらないのに）

とお市は自分に言い聞かせた。

藤掛永勝は自分の任務をわきまえて、不破河内守光治に催促するような言い方をした。

「河内守、御寮人さまはさぞかしお疲れのこと、ここらで一服入れようではございませんか」

「そうだな」

不破は促されてうなずいた。

もう四月の半ばとはいえ山際に入ったために空気も冷え冷えとしている。

急坂を登りつめ、やっと一息入れられると供奉人等も歩幅を広げた。

美濃との境にある藤川の休憩所についた。出迎えた長政一行の長《おさ》安養寺三郎左衛門は桔梗色の紋付小袖に、肩衣に紫紺の小袴という装束で威儀を正し、扇子を両手に持ち替えて深々と一礼した。後ろに控えた川毛《かわけ》三河守、中島宗左衛門などは萌葱色の直垂に侍烏帽子姿と威儀を正している。

ここに来てお市は嫁ぐ者へのはなむけではないが、織田信長から言い渡された一言が胸に刺さり未消化のまま、それが今、脳裏に蘇ってくるのだった。

「お市殿にたってての願いがあり呼んだ。すでに母上からも聞いておられよう。婚儀のことだ。

向後、織田家の興隆を鑑みると北近江を領域におくことをやらねばならない。そのためには、浅井家との縁を結ぶ必要がある。ちょうど浅井家では適齢期の長政殿がおられる。この縁談を進めたいのだ。従兄弟であるて親の與康殿が既におられないので、差し出がましいが我が口利きの役目をしたい。そこでたっての願いだが、浅井家と織田家との間柄を親密にするためにお市殿を妹として披露して輿入れするということだ。どうかな」

「ええ、妹として」

「そうだ。妹として。この輿入れについては、神の啓示を受けたのだ。我にも妹がいるが、不思議にもそなたが適任と出たのだ。思うところがあろうが、押しつけられたと受けとらないでほしい」

そこでやっと吹っきれたか、信長の目元が和んできた。

お市はしばらく無言でうつむき加減で胸騒ぎを抑えているようだ。

「このことについては今宵しっかりと噛みしめさせていただきます」

お市の表情から、まんざらではないと、いち早く見取った信長は、一番大切なことを伝えねばと口を開いた。

「私から頼んでおきたいことがある。織田家の同家の者として、近江国の浅井長政備前守のご新造（妻）になるのだが、ここぞというときは織田家の立場に立ち返り、一肌脱いでもらいたい。それだけを頼んでおく」と藪から棒に申し渡されたのだった。

お市は、一肌脱ぐと聞いてぎょっとした。尋常でない意味が含まれ穏当を欠く頼みとして受け取ったからだった。それには、信長の並々ならぬ野望が潜んでいる。近ごろの武将織田信長は破竹の勢いで権勢を奮い始めたのを同族の者として知っていたからである。

お市は織田信秀の五女として天文十六年（一五四七）に誕生したとされている。一方信長の妹ではないとする史料も存在する。まず、『続群書類従』の「織田系図」には、信康（信秀の弟）の子與康《ともやす》の娘とあり、また『以貴小伝』には、

御母（徳川秀忠の母）は織田右府（信長）の御妹なり（諸書にしるす所みな妹といふ。しかるに溪心院といふ女房の消息を見しに、信長のいとこなりといふ。もしくはいとこにおわせしを妹と披露して長政卿におくられしにや）

とある。ここでは「織田系図」にあるように、信長のいとこの娘として話を進めていきたい。当時は信長一族とはいえども、反目もあり決して一枚岩ではなかった。また浅井家は京極氏を退け、のし上がり勢いづいているのを隣国の者としてほったらかしにしておくことはできなかった。このように織田家と浅井家の思惑がぶつかり合った結果の輿入れを信長が決

めた。

お市は武家社会の習わしからすると、信長の申し出を素直に受け入れるだけだった。

輿の中でお市は、なおも目を閉じてかすかな息をしながら夢ごこちにあった。

(よくぞ私を浅井殿に嫁がせることを思い立ったわねえ)

(よい縁組と思うてくれたか。家柄から言えばだいぶん劣るが)

(何をおっしゃるのですか。わたしの立場などもうとう頭にないでしょうに)

(わかっているつもりだが、政略結婚などと決めつけないでほしい)

(なぜでしょうか。いざというときは、あなたのために「一肌」など中されたではありませんか)

(調べさせたところによると、長政殿は思慮深い温順な質の御仁だ。そなたの心入れからすれば、むつまやかな夫婦《みょうと》になれよう)

(いまさらわたくしが目をつりあげたって、せんないこと。でも義兄様《あに》はころりと性格が変わられましたね。つい前までは大うつけと陰口をたたかれていましたのに)

(私の性格の弱点は線がほそいことだった。それが嫌でいやでたまらなかった。だからな、土性骨をたたき直すことにしたのだ。今は、親からもらった質《たち》とは違うだろうに)

(なんという気の入れようでしょうか。でも意に添わない人たちに牙をむきだし、暴逆の限りを尽くす武将に突き進むのではと危惧――）

（よせ、説法など聞きとうない）

（いや、耳を傾けてほしいのです）

そこで夢想はとぎれた。悪寒を感じていた。

大のうつけ者とは、お市も目にしていた信長の年少のころのなりとふるまいのことだった。それは年少のころ何かにつけて目立とうとする気持がさきばしりしているようだった。短い朱色の袴を穿き濃紺の浴衣は袖なしで、髪は束ねているが茶筅髪型、元結は真紅の細紐を使い、歩き方もハの字に股を開き身をそるようにしていて、子ども目にも滑稽な様だったのを覚えている。だから巷では〝うつけ者〟と陰口をたたかれ、失笑の的であった。今、信長から内情を聞かされるとあの無頓着ぶりを敢えてしていたのも、他に彼の野望に似た魂胆が隠されていたのだ。それから信長は脱皮を幾度も繰り返したように躍り出ていくのだった。難なく尾張を制覇したあと、念願の美濃を翼下に入れた。これから行く末の未来図をいかように信長が描いているのか、お市の持ち合わせている情報では、想像をはるかにこえている。

しばらくの間、輿の中で誰に邪魔されることなく夢想の中で信長と対話していたが、お市はやっと夢想から覚め、ぐっと下腹に力を入れ深く息を吸い込んで目を開けた。するとこの悪寒が遠のくのがわかった。まだ輿が台座に乗せられたままだった。輿舁きがここで交替することになった。

「しばしご休憩いたしましょう。お降りになって近江国の清々しい空気を吸ってくださいませ」

御簾の近くまで、藤掛永勝は近づきうながした。

「ありがとう。でもこのままで目をつぶっていますわ」と、お市の何とも弱々しい口ぶりに、「そうですかと」と言って引き下がった。

まだ胸騒ぎが残り、慮っていた。

（浅井長政とはどんな人物なのか。信長は冷ややかな表情を垣間見せることがあるが、そんな時には、ふと息を止め一呼吸したくなる。そのような表情に日常的に接することには、自分としては堪えられない。いつも目元に微笑を漂わせている柔和な面持ちの人でいてほしい。そのような人は、感情の起伏が激しくないはずだ。いま武将としてこの戦国の世をどう生き抜こうとしておられるのか早く知りたい）

輿から降りようとしないのを見て、不破光治はしびれを切らしたのか、藤掛永勝からお市に促すよう耳打ちをした。藤掛も御簾を下ろしたまま応答しないお市が気懸りでしかたがないところだった。そこで、まなじりを決して無言のままで不破光治を見返した。

おもむろに輿に近づき片膝をついた。

「よろしかったらお茶はいかがでございましょう」

何かぎこちない言い方だと自分でも気づきながら藤掛永勝はお市の言葉を待った。

お市があくびをしたのが吐く息からわかった。

「降りるとしましょうか」

周りを固めるように、供奉してきた者たちは遠巻きに並んだ。お市は休憩所として新たに設えられた館にはいった。一服のお茶で喉を潤してほどなく館からでてきた。そのとき、この輿入れの行列の様子を家の内から眺めていたのだろう、まだ年端もゆかぬ幼い童女が家から飛び出してきた。

「わあいー。御姫さまだよ！」

と黄色い声をあげた。周りの供奉して来た者は、その声がした方に一斉に顔を向けた。身構える者さえある。それに応えるように片手を思わず上げて手招きしかけたが、お市は、周りの雰囲気を察して思いとどまった。いち早くその童女を追いかけるように出てきた母親はその子に覆いかぶさるように制した。そして尻をいく度も叩いたあと地面に頭をこすりつけ平謝りに謝った。

童女が泣きべそをかきながら、なおもお市に視線を投げかけているのを見て、今度は、お市はしっかりと手招きしながら、鷹揚な気持ちを笑顔で示した。

「かわいい御子」と言ってその子に近づいて行った。つづいて「赤いほっぺただこと」と頭を撫でた。童女は鼻水をすする。そのときのすすり音としぐさに周りの者まで緊張を緩めようだ。藤掛永勝は、お市が見せた笑顔に心が晴れるのを覚えた。

「驚きましたね」と思わず藤掛永勝は声をかけた。

「いい出会いをしましたね」と言い残してお市は輿に乗った。そのあとも周りには、余韻が残った。

（あの御子に未来をもらった気がする。これからの行く末を信じて殿に身をゆだねよう）

お市は今までの気分とは一変して気持ちが高揚してくるのを感じていた。

初めて川を渡るところに来た。そのあたりの川幅は二〇間余りであった。まだ真新しい急拵えの橋であった。丸太で橋脚を立て橋桁も丸太を渡し、藤蔓で結えている。その丸太の皮をむいていないのは、滑り止めのためだろう。このお市の行列が通るために架け替えられたものだった

「気を引き締めて、輿を担げ！」

輿添えは気合を入れた。水量は少ないが、瀬音を立てて流れている。その水面を小鳥が水をすくうように飛んでいる。その川の名は姉川である。そこから二里半ほど下った地点で姉川合戦が仕掛けられた因縁の川なのである。

芽吹いたばかりの新芽がかもす青臭いにおいが、川風と共に輿の中にも漂ってくる。お市は何の匂いか思案気に、

「この清純な香は、川風がはこんできたのでしょうか。川の名は？」

近江国に入り従者に加わった者は、すかさず、

「姉川と申します」と答えた。

「あねがわ。姉、妹の姉の文字ですか」

「さようでございます」

「珍しい名まえの川ですこと。すると妹川もありまして」

「妹川もございます。姉妹伝説がありまして、大雨で暴れだすとおさまりがつかない川になるのです」

「無事渡り終えてよかったこと。この川を渡らなければ小谷山の備前守にお目にかかれませんもの」

「ごもっともでございます。大雨には橋は流されますから、ここらの住人は川石を踏んでわたっているのでございます」

「今度は、素足で姉川を渡ってみたい」

御簾を引き上げ奮い立つ思いを口にした。

どうしてそのようなことをと、言いかけた不破は、

「わかりました。準備をいたさせましょう」

と言いつつも、足を滑らしたりして大事に至ってはという不安が過ぎる。お市はそのような思いなど頓着なく思いを馳せていた。それは川風が運んできた新芽から放たれているほのかな匂いとともに清流の静かな瀬音が、〝我らのために一肌脱いでほしい〟と語りかけてくるようで、耳を傾けているうちにそのような思いが湧いたのだった。

着物の裾を惜しげもなく引き上げると肌身を見せたことのない、青味を帯びた白い脚がみえた。素足で器用に石の上を飛び越えていく。無邪気な童みたいに嬉々として水と戯れている。

このようなお市の振る舞いは彼女の純真無垢さゆえと傍目にはそのように感じさせたが、それとは裏腹にお市の心の内では一方でいつの日か今日と同じように川を急ぎ渡らなくてはならない日が来るかもしれないという漠とした予感が湧いていた。

(この足裏の感触をいつの日か再び経験するときがくるかもしれない)

この思いがお市の敏捷な動作を招いたかもしれない。お市が転げたりしないか、血相を変えて周りの者たちはやきもきと気をもんでいる。

「それ魚がここに当たってきたわ」

引き上げた裾のふくらはぎを指しながら再び、

「なんという魚かしら」と甲高い声を上げた。

「さあ、アマゴでしょうか」と答えつつも何もなく川から上がってきたのでとり巻きの者たちは安堵した。

思わぬ川入りで気分を軽くさせたのか、お市は満ち足りた表情で輿にはいった。

確かに霊妙な予感どおりに以後、二度この川を渡る破目になる。それは、浅井長政自害の後、尾張に引き取られて行く時と、清州会議により三姉妹を連れて、柴田勝家のもとに再び嫁ぐ際に。

いよいよお市の輿入れの行列は、小谷城を真向かいに仰ぎ見る山麓まで来た。お市は、揺さぶられる気持ちを隠し、息をつめて堪えるが儘ならない。

この街道沿いでは、定期的に市が開かれ賑わう。今日はいつにもまして出迎えに集まった人だかりが幾重にもなっていた。しかし微塵もざわめきが聞かれない。

御簾の間から外の様子を眺めてはっと息を止めた。その人だかりの中に上背があり大柄な尼僧が目に飛び込んできた。若竹色の頭巾を被いている。ぽってりとした、うりざね顔で、まなざしは研ぎ澄まされて澄み切って落ち着きを放っていた。ただ者でないと見てとった。

この尼僧こそ、数奇な運命をたどる母子をしばらくの間匿った実宰庵（のちの実宰院）の住持で、浅井長政の実姉にあたる人であった。

器量人、小谷の方

清水谷の山峡に入った。新芽が萌え出したばかりの楓の並木を過ぎると、もう御屋敷が近づいてくる。いよいよ祝言を挙げる御方にまみえる時が迫っている。いかに最初の会話が展開するのか、お市には見当がつかないでいる。

「三河守、お話ししたいことがあるゆえ」

御簾を少し引き上げて外を見た。輿のそばにへばりつくように供奉して来た藤掛永勝は顔を輿に近づけた。

「なんとおっしゃいましたか」

驚きを隠すような言葉をとっさに発した。

「もっと耳を近くによせて」

いらだちの様子とみてとった。

「かしこまりました」立膝をついて耳をそばだたせた。

「歩きながらでよろしい」

藤掛永勝は、輿が止まったのに気づき、制するように手で進めの合図をおくった。

「はあ、いかがなさいましたか？」

「到着したら、二日の間一人にさせてもらう様にと気ままな私の願いを届けてほしい」

何ゆえに？　と、問い返せるまでの主従の間であったが、いよいよ到着される直前だったので藤掛永勝も緊張の極みに達していた。

理由を聞かず、「その旨、確とお伝えいたしまする」と応じると、

「しかとそのことだけを伝えていただきたい」と返事があった。

ほかの輿の周りの供奉の者たちも、怪訝な面持ちで藤掛永勝を注視している。直ちに反対側から彼に駆け寄った、不破河内守は聞いた。

「なんとな」

藤掛は不破河内守に耳打ちした。

「どうしてだ？」

お市に気遣いながら聞き返した。藤掛は蒼白の顔になって、ただ首を振るそぶりに徹した。

「拙者から浅井家の家老に伝えるゆえにまかされよ」

その会話を聞き届けて、お市は、

「三河守に頼んだのですゆえ」と再度命じた。

元服を終えたばかりの、藤掛に試練を与えることを敢えて行おうとしていた。

「その旨伝えます。私がその任を担ったものとして」

「たのみますよ。三河守」

藤掛は気もそぞろで足が地につかないくらいに慌てふためいてしまった。だが、しかとお市の申し出を浅井方に伝えた。

お市はそんな気儘がゆるされないだろうと思いきや、その旨を受けて浅井家一同は、輿入れの熱烈な出迎えの手筈も急遽取り止めた。このようにして、お市の意向を脈絡つけずに浅井家は応じた。この予期もしなかった事態招来で、浅井長政の元にお市を送り届けた一行は、やれやれと肩の荷を下ろして美濃に帰るに帰れなくなってしまった。不破河内守は、地団駄を踏んで事の成り行きを悔やんだ。一方、藤掛三河守は、夢遊病者のように今自分がどうすればよいのか判断もおぼつかなく泣きべそをかきたい気持ちで、ふさぎ込む有様であった。

お市は枯山水の庭を望める御殿の奥の間で、運ばれてきた夜食膳の物を残らず食べて、短冊に「誠においしく、この地の風土に合った食事に感謝申し上げます」と書き添えて膳を下げさせた。それからほどなくして、藤掛三河守は来室するように呼ばれた。

まだ悪寒が残る身をふるわせて、唐紙をにじり寄り、少し引いた。

「三河守殿お入りなされ」

その声に藤掛は温かみのあるものを感じ、ふとゆっくり息をすいこんだ。

「失礼つかまつります」と、唐紙を半分開けて、入った。

「なんと青白い顔をしてなさる。どうなされた」

そう聞いた藤掛は伏し目にお市の顔をみた。

「長い道のりご苦労でありました。さぞかし心労も重なりお疲れのことに違いがないでしょうね」

「はあ」とだけ言うのがやっとだった。

「三河守、〝天下布武〟と聞いて、どのようにその言葉を受け取られるか、教えてほしい」

唐突でぶしつけな問いを投げかけられた彼は、「〝天下布武〟ですと」と思わず問い返した。

藤掛は二の句が継げないでいると、お市は、

「義兄様がその文言が彫られた印判を拵えられたと聞き及んでいますが、三河守もすでに存じておられるでしょう。私は、天という字が畏れ多すぎて義兄様の心がしかと読めないのです」

「今の世を何とかして、統轄なさろうと心意気を表わされたのでありましょう」

「統べるということ、そう、天下を統べるということに、捉えるのが真っ当な受け取りかた

でしょう」

「壮大な構想を公に表明されたのです」

「そうであれば、身の震えが起きる気がしてしかたがない。布武の武という文字が取りようによっては、幾多の戦に相まみえることを意味するからです」

「天下泰平の世を目指すという意思を表出されたのです」

このことは、信長が本拠地を清洲から小牧に、またより京に近い美濃に移した頃に、その名号を使い始めている。尾張、美濃を本拠地と定め、稲葉山城を岐阜城と改め本城とした。〝天下布武〟という命題を贈り、また城名を進言したのも、政秀寺を開基した禅僧、澤彦和尚であるという。信長の父信秀の代より澤彦和尚に深く帰依していた。

澤彦和尚がこの四文字に籠めた信長に対してのはなむけの意味としては、天下泰平の世を目指してほしいとの願いが根底にあるはずだ。天下を武力で平定することを望んだはずがない。「武」本来の語義をわきまえての上のことだ。だが、この印章から信長はどう感じとり自分の言葉に仕立てていったか、のちの信長の世への処し方から理解できよう。しかも信長以外の者も文字どおり「天下を武力で平らかにする」という信長の意思として受けとったはずだ。澤彦和尚が、いつまで信長の知恵者としてかかわったか知りたいところだ。お市は、この意味を藤掛三河守と玩味したかったのだろう。

「三河守、輿入れの礼典が恙無く終わっても、ひとたび滞在を続けてほしいのです。よろしいか」

「私ども供奉者もこの小谷城の空気を十分に吸い込んで、帰省したいと望んでおりますゆえ」

「そう申してもらって、わたしもうれしい」

不破河内守光治も再三お市の御間に呼ばれた。お市はこれから信長が描こうとする未来図について、時勢の動きについてできるだけ知っておきたかった。不破河内守光治は、西美濃の豪族で、斎藤氏に属し、信長に敗れたのちに麾下にはいった。だから、斎藤氏制覇の内情を熟知している人物で、しかもこの度の長政との婚儀に挺身し、信長の信頼も増していた。以後も所々で信長のご名代に立つことになる。

お市は不破光治に対しても、御酒を用意させ、一献ふるまった後に、不躾な問いを投げかけ、不破を一瞬たじろがす虚にでた。

「そなた、浅井殿を義兄上はどうなさろうと？」

人払いをしているが、近くに寄れと手の指先で合図したのちに、

「いや、美濃に進出後、近江をどのようになそうと念頭においておられるのか知りたいのです」

「むずかしいですね」

「そなたの率直なところをおしえてくだされればそれでよいのです。私は双六の駒のように扱われているのですか。はっきり思うところを申して」

　きっと睨みつける眼差しを不破に向けてきた。

　それに反して、不破は神妙な顔つきを一変させて、言葉が軽くなった。

「行く末いや一刻も速やかに上洛をはたし、天下人におなりになられるご意向で」と言葉をすすめたところで、一呼吸間を置いて、

「そのためには、まず江北を平らけくなさる必要があるのだと存じます」

「直に義兄上から聞き取られたでしょう？」

「いやいや手前どものような者に心底の決意を語ってくださるような方ではございません」

「私も不破殿が申された見解は腑に落ちるのです。義兄上は浅井様はとても頼りになる御方だから、と申してわたしを送り出したのです。一言添えて」

「一言添えて？」

「言わずもがな、そなたの心の中で咀嚼してくだされればよいことで」

「わかり申しました」

　そこで二人は視線を交わし、明るい表情に変えた。

「あなたら二人と意見を交わせたことで、これから対面する御方に早くまみえたい気持ちが

わいてきました」

「そうですとも、手前ども、お供してきました者たちが切望いたしておりますことは、一刻もはやく備前守に輿入れいたされたご挨拶をしていただくことでございます。お会いされるがこれより遅れますと、気まま者と…」と、ここで不破光治は言葉が過ぎると気づき口をつぐんだ。

「わたくしが変人と申されたいと」

「心積もりも多々おありと存じますが、首を長くして浅井殿はあなた様の眉目秀麗なお顔を見たいとお待ちになっておられるでしょう。もう二日も経ちました。もうそろそろとこの部屋から出られませんと、怪訝な気持ちが募るのではと案じましたので不適切な言葉になりお許し下され」

真っ赤に紅潮した顔を振りふり、不破は言葉をつないだ。

「この後、自分と向き合い心の整理をしたいと思います」

「そうしてくだされ。これで手前は辞去いたします」

このお市の身勝手ととられる時を費やしたことで、浅井方は、くさびを打ち込まれた格好になった。このまま美濃に帰ってしまうかもしれぬという虞を抱き始めていたので、浅井長政は、お市の思いをそれなりに不破から聞きうけて、お市が嫁ぐことに対してひとかたならぬ複雑な心境を抱えたまま、この小谷城まで来たことを思い知ったのだった。

長政は一刻も早くお市の顔を見たくなった。

嫁ぐことへの不安が高じて、懊悩に悩まされているのであれば、お市を早くそこから抜け出させる力にならねばとの思いからであった。

それからひと時置いた後、浅井長政は襖の前まで来てひらくのを躊躇した。というのも何かを口ずさんでいるのを耳にしたからである。意を決し部屋に入った。

「主でござる。入室をさせてもらうが、よかろうか」

返事を待たず襖をすでに開けていた。

「はあ」

間延びする声を出して襖の方に顔を向けた。手鏡をかざして梳っていたところだった。

「前触れもなく女人の居間に入り無礼を許されよ」

深々と頭を垂れた。

お市は、

「卒爾ながら一言申しあげます。ふつつかな女の愚かな振る舞い、どうか寛恕願いたくお願い申し上げます」

長政の足もとに伏して申し立てた。

その動作の速さといい、素直な言葉もすでに準備していたかのようだった。

「伏さず身を起こしなされ。私は無骨もの、繊細な心の内を読むことができないのを許していただきたい。長旅の間に緊張が高まったに違いござらん」

「今、わたくしの心にぐっと来たのです。あなた様の尊顔を一瞥させていただいただけで体の緊張がいっきにほぐれました」

「どうしてぐっとなさったのかな」

「それはあなたさまと手を携えて、この小谷で添い遂げられると、直観いたしたのです。よい縁に恵まれたと思います」

そのとき浅井長政の顔が朱色に染まるほど喜悦が走ったのは、長政もこのお市こそ心馳せのある人だと感じたからだった。

部屋の外で、控えていた直臣の安養寺三郎左衛門、川毛《かわけ》三河守、中島宗左衛門の面々もお互いに一斉に長政の顔の表情から察して、胸をなでおろしたに違いない。

「すぐにでも祝言の準備をいたさねば」

安養寺三郎左衛門は両者の腰に手をあてがい引き下がって行った。二人はお市が小谷城の御屋敷に入ってから、周りの者たちの度肝を抜くような振る舞いに心労がつのりそれにたえていた。というのもこの三人は、お市の輿入れに際し浅井方の名代として織田方と縁談の取りまとめに掛け合った面々であったのだ。

早やこの小谷城に来てから四日が経っていた。まだ二人は互いに息がかかるほど身を寄せたことがない。ようやく新床で夫となった人を迎え、儀式ばった睦言の一つもかわすことにお市は緊張している。寝化粧を念入りにしている。開口一番夫の口から語られる言葉はなんだろうかと、思いやるだけの余裕をまだ残していた。身体の火照りが増してきた。

「許されよ」とゆっくりと襖をひいた。まだ座を崩していたお市は、居ずまいを正した。

「今日一日お疲れ様でございました」

長政に向い座り直して、お市は頭をさげた。

「どうであるかな、この小谷の空気をいか様に味わいになられたかな」

「まだこのように部屋にこもっておりますので空気の味を感じることはできておりませぬ」

「何せこの清水谷は、周りが山であるので、広々とした平野で育たれたそなたには息詰まる思いをなさっているであろう。だが空気はすごくうまいものだ。城に上る途中の見晴台から琵琶の湖を遠望されるがよい。すっと胸に息を吸いこみたくなる。しかもいい眺めだ。じっと眺めているだけで気分が鎮まってくる」

「このお城に参る間に湖の話も聞いておりました。明日にでも眺めとうございます」

「城内を案内する折にその場所に立たれるとよい」

長政は添い寝の体を天井に向けていたが右手をお市の手首に触れ、その掌を腹部から胸へと這わせた。彼女はふと息を継いで身をよじるしぐさをしたが、かすかな身震いから、一転して、長政に自分の体を預けた。長政はぎこちなく手を添えたままで、お市の腰に手を入れて引き寄せるまでには、かなりの間があった。お市は、腋に汗がにじみ出たのを気づかいながら、勇を鼓して、いきなり長政の厚い胸板に顔をうめた。

「殿御に直にお聞きしたいことがあります。よろしいでしょうか」

その言葉には、この床入りの秘儀の真っ只中には場違いのきらいがあった。

「なんとな」

単刀直入に問い質してきたかとあらぬ思いがわいた。

「わたしが殿御に嫁いできたのは、妻としてではなく女諜者として遣わされたと煩っておられましょうか？」

お市は、顔を胸板に何度も擦りつけた。

「なんということを申される」

長政は、お市を突き放つしぐさで上半身を起こした。だがお市は、にらみかえす形相ではなく、しっとりした瞳がそこにあった。

（試されているな）

ちょっと心が軽くなった長政は、

「よくも真な思いを申してくれた。わたしはそのようなことまで思いをめぐらすなど滅相もないこと。そなたを快くむかえいれたまでのこと」

「ここまで胸の内に抱えていた思いをご無礼にも吐き出してしまったので、裸同然、気がすっと軽くなっていきます」

「そなたはたいしたお人だ。誰かと示し合わせたことを包み隠さず話してくれた。それにしても諜者とは穏当ではない意味にとれるが」

「義兄上に一肌脱いでくれと申し渡されたその真意をしかと問い返すことを怠っておりましたので、そのような言葉を使ったのでございます」

お市の体が吸いつくように長政の胸にひきよせられたというより自ら長政にすがりついた格好だった。長政は呼応して彼女の腰に手を回した。それ以上互いに睦合うことはなく二人は布団の上で対座した。

「この小谷の地は北国街道と中山道が通っている要衝の地、今この地で何が起きているのか教えていただきたく存じます」

「いやいや本題に入った感じがいたす。おいおい折に触れてこの江北の動静について話そうと考えていたところだった」

「それはぜひ承っておきたい重要な事柄でございます」

「まず、いま越前の一乗谷の朝倉義景殿の許に滞在している足利義昭殿の動きがこれから目がはなせないのでござる」

「と申されますのは？」

と、問い返したがお市もすでに義昭が将軍に就こうと画策しているのは知っていた。

「なんとしても上洛を実現するためには、頼りがいのある後ろ盾が必要であるので、朝倉殿に白羽の矢を立てたのであるがだいぶん日がたっている。承諾するかどうか、見届けねば。それにこの近江国には、手ごわい御仁がおられる。それは六角義賢いや承禎殿といった方がよい」

「六角殿と申せばご縁がある方でございますね」

長政はふとため息をつくしぐさをして、これも見通しのことかと感じとっていた。

これは後ほど語ることになるが六角、浅井同盟により、その家臣の娘を娶らされたほろ苦い思いが残っている。

「今は反目状態で、いつこちらと刃を交えるかもしれない危ぶまれる状態にある」

「それにつけ、あなたさまに嫁いできたお人はかわいそうですね。追い返されたみたいになってしまったりして。情がわく間もなく」

「そうだったかもしれぬ」

「おいくつの時でした？」

「元服をして、改名した十四歳の時、その時、相手は初心そのもの、まだ胸の膨らみもなく互いに情を交わすなどおぼつかないままだった。目を合わせただけで小刻みに震え柔和な顔など一度も御目にかからなかったな」

「恋心などないまま投げ出されたみたい」

「そっとしたまま親の許にもどしたい一念だった。賢政という名もその時捨てた」

「そうでしたか」と言ってこれで、この話を続けることをよそうとお市は慮った。

二人は再び床に入り、しばらくして、どちらからともなく寝息が聞こえてきた。

戦国の世の激動が今始まろうとしている時期に、お市は長政の許に嫁いできたがむろん彼女は、つまびらかにその情勢をつかんでいるとはいえなかった。しかし信長の動静などから何かが始まろうとしていることを感じていたには間違いがない。

長政も城主として迎えた嫁との蜜月を二人でゆっくりと味わう余裕などなかった。

長政の思案

ここに登場してくる人物は、浅井長政は言うに及ばず、足利義昭、朝倉義景、六角義賢そして織田信長の面々と共に戦国の世の絵巻を描いていくことになる。どの様に経糸、緯糸が編み込まれ反物に仕立てていくのか、だれも予想だにできないが、ただ言えることは信長は足利義昭の強い宿望を逆手に取り御為ごかしの策謀を仕掛けただけと言えよう。そうだとすれば術中に陥った足利義昭という人物の実像をつかまなければならない。

足利義昭は天文六年十一月に十二代将軍足利義晴の二男として生まれた。四歳で奈良興福寺一乗院に入室させられ覚慶《かくけい》と名乗った。畿内では当時細川晴元の勢力が強かったが、その家臣の三好長慶《ながよし》が実権を奪い、その後松永久秀と三好三人衆と呼ぶ一族に実権が移った。松永久秀らは自分らの陣営から将軍を立てようと秘かに義昭の従兄弟の義栄を見定めているので、将軍義晴から将軍を移譲されていた長男の義輝を永禄八年五月、松永久秀と三好三人衆が追い込み殺害の憂き目に遭わせた。同時に弟の覚慶もこの事件後、自身の危険が迫り、興福寺一乗院から、細川藤孝と朝倉義景の尽力で脱出し、近江甲賀の和田惟政《これまさ》に身を匿ってもらった。この和田氏は前将軍の義輝のお供衆として陰で力になっていた。また、彼は甲賀武士団を掌握していた。この武士団は佐々木六角氏を支える軍略と戦術を兼ね備えて強力な役割を担っていた。しかし甲賀では地の利が悪く、足利幕府再興のために諸国の諸大名を味方につけるには不便と、琵琶湖を望む野洲郡の矢島に翌永禄九年二月に拠点を移した。この時も朝倉義景の力を借りた。ここで初めて還俗して、義昭と名乗っている。この地で義昭は速やかに上洛を果たすために、上杉輝虎、武田信玄、毛利元就に参陣するよう要請をだしている。

その頃三好三人衆と松永久秀の画策で義栄が将軍に就くことを朝廷にみとめさせている。義栄は将軍となっても名ばかりで摂津富田に留まったままであった。この事態に直面した義昭は、この近江の矢島に留まっていることに焦りを覚えた。そこで興福寺一乗院を脱出するときの庇護者である朝倉義景をたより赴いたのが、永禄十年十一月だった。その間、幾度となく朝倉義景に上洛に際し力になるよう要請している。翌四月にはまだ終えていない元服式を執り行って、義昭と正式に改名した。義昭は当初の朝倉義景の強い支援が得られるという目論見は達成できそうもないことを悟り始めていた。そもそも朝倉義景は、誇り高き野望を心の奥にたぎらせていたのだ。というのも、理由がある。朝倉家三代貞景、四代孝景、五代義景まで三代にわたり朝倉家を郡奉行とし支えた朝倉宗滴という人物がいる。彼は初代孝景の末子である。幕府さえ動かすまでに興隆してきた朝倉家が天下の実権をつかみ京に馳せ登らせるには、いかなる策略が功を奏するかと朝倉宗滴は思案を夜ごとめぐらしていたという。誇大妄想的きらいがあるが、割拠を狙う戦国の世では、一概に一笑に付すことはできないだろう。このように「御屋形様」と崇め朝倉家の行く末に大きい宿望を抱いても不思議ではない。

機会を見つけては、朝倉家の当主義景に懇々と諭したことがいく度かあったに違いない。一方で彼は学問に勤しみ、京文化をいち早く取り入れ、京の文化人をいく人も招聘していたので、京へのあこがれは強かったに違いない。朝倉義景もこのような壮図を絵空事にしたくはない思いを胚胎させていたので、時勢に機微に対処する決断が鈍くなっていた。これにより、先の話になるが、信長からの上洛への協力要請にもすんなりと腰を上げることができなかったといっていい。

話を戻すと、浅井長政にとってうっとうしい存在の人物がもう一人いた。それは、南近江の戦国大名である六角義賢（剃髪後承禎《じょうてい》）だった。長政の父久政が六角領を侵攻して敗れ仕方がなく従属下におかれ、元服した際には六角義賢の賢の一字を与えられ、前にも述べたが、長政の前の名賢政と名乗らせた上、六角氏重臣平井定武の娘を娶らせた。これは父、久政から家督を継ぐ者にとって、しのび難いものであった。そこで長政は妻との関係を早々と破談して、永禄三年、六角承禎に対し反抗を企て、大軍を率いる六角軍を撃破した。

その後承禎は、足利義輝を追い込み殺害に及んだのに対し三好三人衆に敵対し、朝倉義景らとともに、覚慶（義昭）を救い出すのに関わった。また織田信長にも近づきお市の縁談にも関わるなど変わり身の早いところがある。というのも息を吹き返してきた三好三人衆の働きかけに応じて、今度は義昭と敵対する立場に転じている。このように刻々と変転する世に長政も覇権争いの渦中にいる。

お市の一言

不破光治はお市の婚礼が終わると幾日か小谷に留ってお市を見守っていたが、美濃に帰ってほどなくして二人の供回りだけで小谷の御殿を諜者のごとく訪れた。突然の訪問にお市は、なぜか尋常ではないと思いめぐらして、喜びを表情に表わすことができずにいた。

「しばらくでございました。息災でお過ごしのご様子、なによりでございました。ご器量がいちだんとさえてきました、もうこの小谷の水に慣れたからでございましょう」

「突然の顔だし、びっくりしましたわ。私の気儘なふるまいを案じてでしょうか」

「いやいや、ちょっと、お耳に入れたいことがありまして、越前にゆく途中に拝顔つかまつったしだいでございます」

「なんとおっしゃいますこと。拝顔などと」お市の表情が変わったことに気付いた不破光治は、

「朝倉殿の許にご滞在の足利義昭様に出会わせていただくことが眼目でございます。この事

について、手短に浅井備前守にお伝えしたいと存じまして」

「私からお伝えいたしましょう。越前に赴かれる要件をお聞きいたしましょう」

お市の差し出がましい出かたに気圧されてしまった不破光治は、ままよ、とばかりに、

「今一乗谷にご滞在の足利義昭様が美濃国に御成りになられることを織田殿は望んでおられるために、その旨打診いたすための訪問でございます」

「よくぞ申していただきました。さっそく殿御にお伝えいたしましょう。さぞかし驚かれることでしょう」

「このことについてはご両人のみの胸にお留め願いたく存じます」

「わたくしを信頼くだされ」

と了解したと表わすために胸に両手を当ててゆっくりと頷いた。

「くれぐれも、備前守によろしく伝達をたのみます」

との言葉を置いて不破光治一行は、たそがれが迫る中、馬に飛び乗り鞭をくれて小谷城を後にした。

織田方からの使者の来訪を受けたと知るや朝倉義景は顔を俄かにくもらせた。その上不破光治から差し出された墨付き（判を押した文書）のあて名が義昭になっていたことで、一縷の望みをばっさりと打ち砕かれた思いで目の前が真っ暗になった。

「拙者には書状はないのか」

義昭あて墨付きにじっと目をおとしたまま、悔し紛れな感情に駆られた。

「織田殿からはこの書状のみ託されてまいりました。どうぞ公方様にお届けください」

朝倉義景はあたふたとその書状を不破の手から奪い取るように受けとって、

「拙者から直に公方様にわたすといたそう」

一息ついたので落ち着きを取り戻していた。

(なんと手早く手を回す御仁か。油断して隙を衝かれた)

恨めしそうに義景は書状から目をはなさない。粘り強い上洛に対しての後押しを義昭から懇願されていたが、切々と諭してくれた軍奉行朝倉宗滴の望みにもあわよくばという下心をもっていたことで、生返事ばかりして煮え切らない体をとり続けていた。そんな時にこともあろうに、心痛極まりもない事件に巻き込まれていた。嫡男が突如命を引き取ってしまったのだ。乳母が代わってからその事件はおきた。母乳に毒が盛られたというのだ。誠に不可解なことが突然起きたのだった。そんな心労のさなかにおいて、義昭を自分の足がかりとするのは望み薄だと感じ始めていたときに信長からの墨付きが舞い込んできたのだ。それに目を通すや義昭は、

「いやいやありがたい。吉兆というのはこの事だ」

と天を仰いでうそぶいた。手渡されたそれに目をやった義景は、

「公方殿にとっては真の吉兆でござるが ー」

その墨付けを投げ捨てんばかりに、義昭の手に戻した。

「待っていたかいがあった」

（地団駄を踏みたい。公方様のこの喜びはなんということか）

義景は言葉を失っていた。

織田信長からの墨付けをもって美濃国への動座を打診したのには、わけがある。いっこうに義昭上洛の支援が得られないのは、京にいる細川藤孝にとって誤算という判断をしなければならないほど事態はこう着状態にあった。そこで、和田惟政《これまさ》を越前に使わせた。その先で意外な人物に出会った。明智光秀である。明智は、斎藤親子の反目の渦中に巻き込まれ、越前の朝倉方を頼って流れていった。そこでは朝倉の家臣としてではなく寄寓の状態で寺子屋を細々開き、時世の流れを見定めていた。そして九年も月日を経ていた。そんな時、義昭を将来の将軍に仕立てようとしたのが細川藤孝と和田惟政だった。その和田が明智光秀と出会った。美濃をとりこんで破竹の勢いにある織田信長こそ義昭を上洛させるのに頼りがいがあるとみた。そこでいとまなく和田惟政は信長の許に走った。

何事にも好機というものがある。明智光秀はそれを有効に生かす術を備えもった男だった。

朝倉義景とは性格的には正反対といっていい。もともと明智は美濃国育ちであるから、織田信長の動静はそれとなく敏感に感じ取っていた。その頃、義昭も朝倉の支援をあきらめかけていたので、飛び乗るように明智光秀の提案を受け入れる気になった。義昭は独自で越後の上杉輝虎に要請していたが、上杉とてその地から離れることができずにいた。そこで急転直下、事態は大きなうねりとなって動きだした。朝倉家とは、兄義輝の時から主従関係にあったので望みが叶えられなかったとはいえ礼を失することのないよう、直ちに義昭は、高揚した気持ちを懐きながら、信長との仲を取り持ってくれた細川藤孝、明智光秀、和田惟政の名前を挙げて、御座を美濃に移すことになったと通告を発した。義昭には軽挙妄動なところがある。そうと決まれば一乗谷から一刻も早く退去したくなった。まだ正式に義景にはなしをしていない。それなりにはばかるところがあるからだ。義景とて、織田信長と聞けば、なんといっても家柄では朝倉家には及ばぬと高を括っているから、自分から朗報だと言いだせずにいる。

「公方様、まことにようございました。果報は寝て待てという諺のとおり、ご同慶の至りにぞんじます」

「拙者はできることなら、そなたの力を借りたいと願っていたところだったが、それがとげられず至極残念——」

義昭は唇を固く結び、ため息をついてうわべを装った。

「力及ばず皆に恥をさらしたこと恥辱もの、面目ないところ」

とある面、清々した気持ちが強いが、本音をかくした。また義昭がなしたように語尾を尻切れトンボにおわらせた。一つだけ最後にお節介と知りつつ、義昭におこがましくも指図した。朝倉家の威光を示したかったのである。それは美濃に直行するのではなくて、小谷城を経由することだった。

「近江国の小谷城の浅井殿にお立ち寄り願えれば幸いに存じます。浅井殿は公方様のことは十分ご存じおられよう。信長殿の血縁者をこの春に娶られ、さぞかし穏やかな蜜月をお過ごしのことでしょう」

「拙者も気づいていたところ、是非とも立ち寄りたいものだ」

「国境まで公方様をお迎えいたすように私から進ぜておきましょう」

浅井方にも丁重なる出迎えをして義昭に恩に着せさせる下心があった。送宴も盛大になし、朝倉の館をいち早く送り出したのは、永禄十一年七月十一日のことだった。浅井長政とは義昭はまだ面識を持っていないがお市の取り持つ縁で立ち寄りをすすめたのだ。義景としては、義昭には期待外れにおわらせたが、義昭にむけ体裁を繕うために、朝倉家の重鎮を二人つけ、二千騎もの陣容をそろえて木の芽峠を越え、近江国の境まで送り届けた。

その後信長卿より御迎として不破河内守被差越。又路次の便りよければと手、浅井備前守方へも義昭公御迎に指越候条、其方よりもよきにはからうべしと有ければ、浅井も同姓玄蕃亮・木村日向守・同喜内之介を不破河内守に相添て指遣しける。(浅井三代記)

織田信長から不破光治を義昭の供奉人としてさし向けているのがわかる。越前の今庄に泊まり、翌日近江国に入っている。余呉庄で浅井方も盛大に義昭を出迎えている。木之本地蔵尊で祈願をして小谷の城内に到着した。

浅井久政と長政は城門まで威儀を正して出迎えた。浅井長政から旅の労をねぎらう言葉を受けるや否や、待っていたのか義昭は、

「兄上の力をたまわることになりかたじけない。奥方に対してもお礼を申し上げる次第。それにしてもこの度のご婚儀誠にめでたく祝辞を申しあげる」

お市はいつになく神妙な面持ちで軽く会釈をした。

「私のようなものまで丁重な祝辞もったいなく存じます。御目にかかれ今生の喜びでございます」

こぼれるようなお市の微笑に義昭も見とれるように顔を輝かせた。

昼過ぎから始まった饗応の席は夜遅くまで続いた。酒席である故、盃を重ねるうちに義昭は多弁になっていく。一方長政は下戸らしくぽってりとした色白の顔に紅をさしたように染めながら聞き役に回っている。お市は、かなりいける口のようで、顔も赤くならず注がれた盃の滴を懐紙で拭いてから膳にもどす。その様子をにこにこしながら長政もご満悦である。

信長が信頼を置いている不破河内守もむろん宴席で膳を並べていたが、手招きして、お市の許に誘った。不破はあごひげをたくわえていて眉毛も太くいかつい面構えであるが面相とは裏腹にとても繊細な神経をもっている。何事においても信頼にこたえる仕事をするので、信長は以前から何かと彼を使っている。

盃になみなみと注いでから、

「なにかと心労の多いことと公方様のお供、精がでますこと。ごくろうさま」

不破はまだ緊張がほぐれないのか顔色がさえないが、お市には輿入れの時の先導者の重責を負ったが、こうして再び会うことができ内心喜んでいるに違いない。だがお市の前でも口数は控えている。場をよく読めるのも彼の器量である。その場にこともあろうか上席で、居ずまいを正して座っていた義昭がやってきて、

「河内守、お市とやら奥方の兄上にこれからご懇情にあずかるのでよく頼んでもらいたいものじゃ」と言って、不破光治に接ぎ穂を託した。

「私も期待に添えるよう内心祈るばかりの気持ちでございます」

ここで織田信長を盛り立てねばならぬと感じとったので、

「それはもう公方様、大船に乗ったような気持ちであそばされたく存じ上げます。美濃に御成りになるのを首を長くしてお待ちでございます」

とにこやかに自信にあふれる笑顔をつくった。

「こころ強く承った。前途に一縷の光明を見出すことができ、この上ない喜びを感じとった。河内守よ、そなたどもの尽力、感服致すばかりありがたい。頼りがいのあるお方だ」

「もったいないおことば」

不破光治は低頭してなかなか面をあげない。

「して備前守、信長は気さくなお人柄でおいでか」

「どうかな」と、長政はお市に言葉をまわした。

「私とて年も離れており育ちもことなるゆえ、しかとは申せません」と、まずはひかえめに出た。

「備前守は縁者になられたからにじゅうぶんにご存じではないとでも」

「存じておりませぬ」

「奥方まことか」

「これが浮世の性と申すものでございます」

「なるほど、して兄上にはそなたに会って参ったと申すゆえ、我は河内守がいうようにに大船に乗りこんで誓願を実らせよう」

「口はばったいことを申しますがあの方はただ、いちずに突き進むたちのようにも感じます」

「なんとも武将らしく頼もしいかぎり」

お市はまだ伝えたいことがあるようで、

「私どもの方からお会いできたことをお伝えいたしますゆえ」と、徳利に手をやろうとしたのをみとって長政は、義昭の盃に自らついだ。

「ありがたい」

二人の顔を安堵した面持ちで、見やりながらそのしずくまでこぼすことなく、盃を空けた。

義昭は二日ここで逗留した。義昭はしたたかな一面を兼ね備えていたので、これから御座を移す美濃の織田信長にまつわる知識を少しでもつかんでおきたかったのだ。浅井長政は餞別として義昭には太刀一振、銀子五十枚、褐色の馬一匹を、また不破河内守など供奉人にもはなむけを贈った。


当国のさかひ藤川迄一千騎にて御供仕る。信長卿より江州郷境迄内藤庄介、柴田修理

亮を御迎えに被越ける。備前守それより御いとま申上小谷へ帰り玉日けり。(浅井三代記)

立秋はすでに過ぎていたが、この夏は夕立もなく日照りが続いていた。往きは義昭が乗る輿にお供したので時間がかかったが、帰りは馬を走らせたので、思いのほか早く戻れた。長政は馬上から降りて、差し出された手杓でごくりとのどを潤した。横並びに並んだ馬も、飼葉桶の水を鼻息荒くのみこむ。

「お暑い中、お役目ご苦労様でした」

「やっと肩の荷がおりたというものだ」

長政の供まわりもお役目ごめんとなり散っていった。御館にはいり、冷えた手拭で顔を拭いているとお市が長政の座敷の縁側に座っているところに、蚊やりの火鉢をもってきた。

「山道に入るまでにちょっと寄り道して大清水《おしみず》の文字どおり湧水のところで一服をいれた。それが公方様にもたいそう喜んでもらえた。その水を竹筒に入れ持って行かれた」

「良い印象を懐かれようございました」

「そのとおり、朝倉殿には子細に書状でつたえよう。さぞかしもやもやした気分のまま見送られたにちがいない」

「私どもの婚儀を寿ぐためにこの城にお立ち寄りになられたとは、私は到底思われないのですが、あなた様どうお感じになられましたでしょうか」

「うむ」浅井は蚊やりの煙を避けながら、ゆっくり首をまわした。

（妻も朝倉義景殿の今までの成り行きの真意をみさだめかねているようだ。だが、うすうす感じとっているには違いがない。今にして思えば、面子にこだわっていたために、卜占が凶に出た時の心境でいるのではないだろうか）

長政は、ひといきいれてから、

「もう少し間を置かないと、朝倉殿の心の中をよみとることはできまい」

「それがよろしゅうございます。少し静観なさるお考えに賛成いたします」

夕方になると鯛が交互に呼び交わすように鳴きはじめる。

「知らぬ土地故に気苦労も多いためか、食がすすんでいないようだが」

長政は話題を変えた。

「おいしくいただいております。この地では琵琶湖での魚が多くてよろしいですね。鮎の塩焼きなどとてもさっぱりしていて、もう一尾と手が出てしまいますのよ」

「ならば今夜の膳にそれをつけくわえるようにたのもう」と、手を打って側供えをよんだ。

「ああうれしい」

「今夜は、お役目御免となりゆっくりと休もう」

背筋を伸ばし正座していたお市の肩に触れて目配せした。

清水谷にある御館では峰から山肌をはきながら吹き寄せてくる冷風が少し開いている障子から臥所にもとどく。長政は床に入り仰向けに寝て天井を眺めている。丸行燈からほのかに照らすだけのしじまの中でお市が床に入ってくるのをこんなに長く感じたことがない。早く彼女のしなやかな肢体から温もりが伝わってくるのが待ちどうしい。襖障子がすっとひかれた。白色の肌小袖は紗綾形模様の寝衣に着替えたお市は、恭しく御免をこうむりますと深く頭を垂れてしずしずと、絹衾に体を入れてきた。

「今日は何かと気遣い疲れただろう」

とお市の手を自分の掌で包み込んだ。湯上がり故まだほてりが残っている。

「殿御こそ心労をお察しいたします」

二人の形式ばった会話はこれまでだった。

「このように枕を並べられるしあわせがありがたい。そなたはいかがか」

「もちろんわたくしは殿御より倍してうれしゅうございます」

お市は、長政の手をほどくとその手を長政の胸元におき押し付けるように顔を押し付けた。

「抱かれると、気持ちがなんともほぐれます」

長政は己も負けじと自分の足を彼女の足にからませた。

「今は何も考えまい」

「わたくしもそういたします」と長政の下になりながら、嬌声を上げ続ける。しばらくすると、感極まったのか、

「ややこをさずけてくだされ」と、睦言をしぼりだす。

ひと時後、高ぶりがほとぼり覚めるとお市は、小袖の裾を直し、身づくろいすると別人になって、

「これでわたくしは小谷の方になったのです。殿御の妻としてかしずくことといたします」

「我などのような生来の無骨者をよくもかしずくといってくれた。まことにうれしい。上総介の器量には足元にも及ばぬと感じていようが、よくぞ盛り立てる言葉を申してくれた」

「何も自己を卑下なさるに及びません。まだ対面もなさっておられず、第一印象も得ていなさらないのに。殿御の真っ当な性格、私はほれぼれいたしております」

「またどうしたことか、褒めちぎるではないか」

お市の顔に自分の頬をすりつける。

信長、長政を試す

義昭は小谷でお市に会えてことのほかご満悦だった。というのも、まだ信長の人となりもわからない。だが、血縁者であるお市の端麗であるうえ、つつましやかな立ち振る舞いから信長を読み取ろうとしていた。つまりこれでよい機縁をつかんだと合点したからである。

伊吹の藤川で待ち受けていた、宿老の柴田勝家と内藤庄介等が義昭に供奉して来た和田惟政、不破光治、村井貞勝、島田秀満を出迎えた。

永禄十一年七月二十五日に美濃の立政寺についた。

「寺院ではないか」不服そうな言葉をはいた。

義昭の御座所として信長が選んだものだ。周りの取り巻きの者たちも、言い訳をする術をもちあわせていない。義昭としては当然信長が新たに居城とした岐阜城で信長とその臣下の郎党どもの出迎えを受けることが当然と思っていたに違いがなかった。

旅支度を解くのもそこそこに、あてがわれた正法軒の書院に入り、

「茶」とだけ発して襖を閉めさせた。

義昭は座につき腕組みをして心の動揺を鎮めている。

信長としてはそれなりに計略を立ててのことだった。いわゆる焦らさせ、行方は信長の思惑に巻き込むというものだ。

この寺の智通上人から寺院開山の謂われを語らせている。

開山は文和二年、南北朝時代、北朝の後光厳天皇が南朝方の攻勢により西美濃の小島に仮宮を設けられた。この行宮にはこの地の荘園領主でもある関白の二条良基がかかわっている。そこで二条良基がこの寺の上人に深く帰依していたことから、後光厳天皇も朝廷の京での政務成就を祈祷させたところ、ほどなく京に環御できたという言い伝えがある。

いまだに信長が拝謁してこないのも義昭にとっては穏当を欠く心境を強いられていた。信長にとっては、これも計算ずくの筋書きどおりであった。数日後、御座所の一部屋に導かれ、堆く積まれた進物の数々に義昭は瞠目させられた。


末席に鳥目（銅銭）千貫積ませられ、御太刀・御鎧・武具・御馬色々進上申され、其の外、諸侯の御衆、是れ又、御馳走斜めならず。此の上は、片時も御入洛御急ぎあるべしと、おぼしめさる。（信長公記）

銅銭一千文の千倍だからその量の多さは何を意味しているのか、信長は義昭の表情を想像して、にんまりとしたに間違いない。

朝まだき書院の障子に稲光の黄色くざわめきがあった。すると雷鳴がとどろいた。雷は寺院の頭上に居座っているようだ。稲光が障子に切り込むように映る。

「恐ろしや、恐ろしや」と、義昭は呟く。

雨は本降りになり、止みそうにない。止めば一変して夏の日差しに戻るだろうと、恨めし気に障子をあけ雨足を眺めている。無聊を慰めていると、信長が予告なしに訪れた。初めての対面は突然やってきた。

薄緑色に小紋の入った直垂に侍烏帽子姿で義昭の高座の前に進み、

「公方様よくぞこの美濃国においでいただき我は誠に武門の誉れと喜んでおりまする」そういうと深く頭を垂れていたが、義昭を正面に視線を直した。

「この私こそ礼を述べなければならないところ。今は上総介に幇助賜るのを願うばかりでござる」

「お役にたてるように努める所存でございます。それにしても朝方の雷鳴に耳をつんざかれました。表へ出て西の空をみたところこのあたりの上空に暗雲が渦巻いておりましたゆえ、稲妻がおちたのではと」

「突如のこと、身震いがおさまらなく閉口した次第」

「その後平穏で大事に至らずあんどいたしました。これは御公方様、何かに機縁、吉報の始まりではないかと存じます」

「なるほど、上総介はそう感じられたことが吉と願いたいものじゃ」

「私どもがいかにしても、公方様を必ず上洛を実らせると心に誓ったのでございます」

「誠にこころ強い言葉うれしい限り」と、相好を崩して軽く頭をさげた。

（それでよい。拙者が主導する）

その言葉を受けて信長は、天下武布という初志を奮い立たせる。

「公方様の征夷大将軍補任の道筋をお立ていたすゆえその任を拙者に任されたく存じます」

信長が立政寺内の止法軒から意気を揚げて出ると、すでに暗雲に覆われていた空は一変して蒼く晴れ、日差しが強くなってきた。ぐっと両手を突き上げて、背伸びした。この時、信長はすでに三十五の歳を数えていた。

美濃から上洛するには東山道を使うのだが、近江国の江南は浅井の勢力の範囲外にあり、やすやすと御練りできるといいがたい。六角方が対峙しているのを、信長は、村井貞勝、不破光治、島田秀満等から説明を受けて知っている。そこで結論を出したのは、浅井長政に六角方が従うよう当たらせることにした。信長自身も街道の要に周りを睥睨するかのように構えている佐和山城に出向き、長政に初めて見《まみ》えることにした。

佐和山城に信長がやってきたのは、永禄十一年八月七日である。敢えて観音寺城で六角承禎と直談判の方法をとらなかったのも、信長らしい老獪な性格を現している。その時の六角承禎はどのような立場にいたのか。六角家は近江国の甲賀郡をはじめ伊賀国のうちの三郡を治める守護大名で観音寺城を居城としている。上洛を一日千秋の思いで望んでいる義昭に対しては、三好三人衆の説得に応じて上洛を阻む立場をとっている。未知の近江国は信長にとっても、一筋縄ではいかない。幸いお市を嫁がせているので、この六角方の出方を探らせるのには浅井長政が勿怪の幸いの存在であった。長政とて、六角方には父久政時代から幾多の苦汁を嘗めさせられてきている。現在は優位な立場にあるが、だからといって大役を全うできるか定かではない。そのことは十分に熟知のうえのことである。

信長は警護させる馬廻り衆、塚本小大膳《しょうだいぜん》、市橋長利、不破光治等、また義昭側からは、和田惟政、細川藤孝など、二百五十騎という陣容で美濃を発った。江戸時代に入ると東山道は中山道に呼び方が変わるが、その宿場は近江国に入ると、柏原、醒井《さめがい》、番場と続くが、その番場に入ると両側に山並みが迫りその峰には砦や城が築かれている。特にこのあたりが六角方と京極方の境目になる。左側にある境目の鎌刃《かまは》城は、両者の勢力争いにより城代は入れ替わりをして今は六角方から奪回した浅井方のものとなっている。また右側には太尾《ふとお》山城と峰続きに菖蒲岳砦《しょうぶだけ》があるが、これも六角方から浅井方の牙城攻めに遭い浅井方のものとなっている。これらは谷筋を往来する者を監視する役割を担っていた。菖蒲岳の裾を右手に取ると、摺針峠《すりはりとうげ》と続くその峠を越えると佐和山の山稜が控えている。この峠で往き来する旅人はしばしの疲れを癒す寛ぎの場所でもあった。

織田信長の一行を佐和山城ではなく、この摺針峠で長政は出迎えた。馬から降りた信長に深々と低頭して、

「遠路はるばる御出で賜り深謝申し上げまする」

その声にはかすかな震えが混じっていた。

「大勢での出迎えかたじけない」

信長は馬上から小姓に手伝わさせておもむろに降りた。

「駒に水」

と言い放っただけで、長政とはその場では言葉を交わさなかった。

「あれが佐和山か。何ともこのあたりを堅固に固めておるな」と自分に納得させている。

「長政殿はお市様を娶られ、箔が付きました感がいたします」

不破光治はずっと後方に控えている方に視線をやった。

「ここに来ていないのか。姿が見えないな。積もる話をされたいでしょうに」

お市のことを言っている。市橋長利はこの縁談を結ぶ労をとったから思い入れもつよい。

「それにしても何とも眺望のよいところではないか、それ湖静かに広がって気分がとても落ち着く」

「うみからの涼しい風がここまで這い登ってくるか、汗ばんだ顔に心地よいではありませんか」と塚本小大膳は大きく息を吸い込んで言った。

「のう、ここに根城を構えたいぞ。要塞として盤石ではないか」

「いかにも殿らしい思いつき。なるほど」

と塚本は信長のその言葉だけに反応した。

峠でのひと休みは、そこで終わった。


佐和山は、西と北側二方を内湖で囲まれ、東側は霊仙山塊との間に東山道が通っていることから太尾山などと同様に要衝の地でこの佐和山にも砦などが築かれたのも、戦国時代としては頷ける。六角方と京極方の城のせめぎあいがつづき、浅井方が京極方をしのいで台頭してくると、浅井、六角方で城の争奪攻防が繰り広げられた。大手門は左右土塁で固められている。信長一行は悠然と登城道を進む。両側には武家屋敷が軒を連ね、その上方に居館が構えている。

書院は急遽新設し、客殿など部屋の新畳は総入れ替え、建具、調度品にも贅を尽くし新調した。このように城主の磯野員昌《いそのかずまさ》は応対に万全を尽くすために念入りな気遣いをした。

これに呼応するように信長は贈答には大盤振る舞いをいとわない。しかも重臣までも配慮をおしまない。

駿馬のほかは、大広間に設えられた白布を敷いた台の上に久政、長政、城主、家老ごとに太刀、鎧、具足、金子がところ狭しと陳列されている。そこに居合わせるもの皆、お見事と感嘆するばかりだ。

祝宴の席は長政も湖魚を主にした馳走にしたが、信長は鯉の姿煮が口に合ったのか小骨を一々指でつまみだし、面倒がらず黙々と箸を動かしている。

「これはよいぞ。うまいではないか」とご満悦といったところだ。他に小鮎飴煮、ハスの塩焼き、鮒の子付きなど膳に並ぶ。信長の嗜好に合うか固唾を飲んで見守っていた磯野員昌は胸を撫でおろした。奥書院に引き下がってしばらくしてから、長政は信長に正式に対面を果たした。懇ろに宴席の至らないところをわびると、

「その席のことなどの良し悪しを申しに来たのではない」と、突如吐き捨てるように言った。

「さようでございますか」

その言葉には動揺しているのが見えた。

「お市もつつがなく息災に日々暮らしておるようでなにより。まだこの国の水に馴染めずしょぼくれていては、口利きをした拙者も、気が重いところだが、なんのその生気にあふれているようで、そんな思いも杞憂におわった。何と、身ごもっているとな」

秘事に話を向けられた長政は、なおどぎまぎして慌てた。何も詮索していないようだったが、こちらの様子がもろに信長の耳にとどいているのが、思ってもみなかったことだ。

「もう腹帯をすでにしているであろうか」

「さようで」

そこで、お茶がはこばれてきた。二人の会話の頃合いをうかがっているかのようだった。そこで長政はふと息をついだ。織田方から輿入れの際についてきた乳母、家臣等はお市がこちらでの生活が落ち着くまでとどまっていた。だからこのようにお市の日常生活の様子は、それらの者を通じて伝えられていたのは当然である。裏返せば長政よりも、それらの者たちは、織田方の動静をつかんでいたはずだ。

「このたび佐和山に世話になることになり、城主の磯野丹波守にはえらく心配りをいただいている。この席に加わってもらってはいかがかの」

(拙者に物足りなさを覚え、二人では息詰まると感じたのだろうか)

長政は焦りを感じていた。まだ、長政は、踏み込んでざっくばらんな会話に入っていけないでいた。

磯野員昌が呼ばれて入室した。

「城代としてせわしくお過ごしのことであろうと存じるが、丹波守の前の城代はさてどなただったかな」

「我が御屋形様の重臣百々内蔵介殿が六角方に攻め込まれ戦死後、拙者がつとめております」

「六角方？」

「さようでございます。六角義賢」

「すると備前守が確保したということかの」

「もともと、京極家の南下を防ぐためこの佐和山を根城にしたのが、佐和山城のはしりということになります」

「因縁めいておるようだな」

「ごもっともで」

磯野員昌は長政に視線をはしらせる。

「公方様が念願にされている上洛には六角方はどうでるか、当方に道を開ける意思はあるか」

「難儀が予想されます」

長政は自分に言い聞かせる。

「これはなんとしても敢行せねばならぬお役目」

「私もそう心得ております」

「猶予はまたない。是非とも備前守殿にも力を貸してもらいたいところでござる」

「微力なりともお力に」

「微力などと、何を弱気なことを。六角方などものともせぬ勢いにある浅井方ではござらぬか」

「はあ、精一杯つとめます」

「まず、あちらの出方を知ることが肝心。ここで丹波守に露払いの役目を果たしていただけまいか、公方殿側からもまた拙者の方からも使者を遣わす用意があるゆえ」

足の組み方を変えて、居ずまいを正してから磯野員昌は浅井長政をうかがった。返答を長政に任す構えだ。

「ご提案のとおりと存じます。六角方と三好方の関係を探るのが手始めと考えます。なにぶん、三好三人衆に丸め込まれておりますので頑な姿勢をしめすでしょう」

「推論は的をえているとはかぎらぬ。なあにやってみなければわからない。やらねばならぬ」

長政の長講釈など聞きたくないという口ぶりだ。

信長はすでに先を読んでいる。交渉を長引かせるほど、有利な立場に立てると踏んでいるのだ。六角方がいかに抵抗を企てようが頓着などするような男ではない。上洛を成し遂げたあとに信長の野望を花開かせることに主眼をおいているからだ。

その頃、六角承禎は三好三人衆とは堅い誼で結ばれていた。というのも、承禎の子義治は三好長慶の女婿という関係にあった。三好三人衆とはいえ、内紛で松永久秀と不和になっていた。足利義栄を将軍に付けたが、上洛を果たせずにいた。このような時に六角方を味方におくことはどうしても義栄を盛り立てるのには必要だった。それに幾多の苦い目に遭わされてきたので浅井方等の働きかけなど、どうしても承服できる状態ではなかった。

ここで、信長の交渉の端緒を開くための強引なやり方が裏目にでた。

佐々木左京大夫承禎、御上洛の路次人質を出だし、馳走候へ

この通達のとおり義昭上洛の途上にははっきりと恭順の意を表して、義昭一行におもてなしをするようにというものだった。

六角方で十分対応を吟味する暇を与え、数日後再び同じ陣容で名代が立った。だが話に乗ってくる兆しがみえなかった。

「飴をしゃぶらせよう。公方様が将軍に就かれたあかつきには、所司代職を進ぜようと」

「侍所を束ねる要職で在りますゆえこちらになびいてくるでありましょう」

「その任に備前守があたってもらいたい」

「承知いたしました。このような状態において、じっと成り行きを眺めているだけでは埒があきませぬ。直談判いたす所存でございます」

長政は自分を鼓舞するかのようだった。

「六角方は身の程わきまえぬ強情さ、手をこまねいていても時間の無駄でござる」

信長は、執念深い。

「備前守が強くあたってほしいのだ」

信長の矢は放たれたのだ。その語調に煽られた長政は、

「何とか説き伏せてみせましょう」と言ってみたものの、すぐに安請け合いをしたと悔やんだ。

一方で、六角親子とも、いまさら聞く耳を持たぬとの立場をより強くしていた。

「そんな所司代職という大任をお与えくださったとしても、任を全うする力量を持ち合わせてはおりませぬ」と紋切り型の口上で言葉を閉ざしてしまった。その主が承禎の子義治であった。しかも、城主に会いたいと申し出たにもかかわらず宿痾《しゅくあ》のため伏していると、体よく断

られたのだった。

長政の出向いての交渉が不発に終わったことは、信長としては、予期していたことだった。

「そうであったか、苦労申した」

とさりげない。直ちに佐和山を後にして、その夜の投宿所として柏原にある古刹、成菩提院に向かった。その先導をしたのは、磯野員昌であったが実際采配しているのは遠藤直経《なおつね》であった。

この武将は、一徹に思い込む質で、ひとりよがりな考えを言い放っても後悔しない。

東山道を東に番場を過ぎ醒井の湧水、居醒清水で一息を入れる。馬上から下り立った信長は床几に座ると、供者から柄杓で清水を飲んだ。諸説があるが、伝説では、日本武尊が伊吹山で高熱をだし、ここで熱を冷ましたという謂れの地だ。浅井方として随行してきた磯野員昌、遠藤直経、内藤庄介、柴田修理亮等は控えて、川縁で円居して休んでいる。その方に視線をやった信長は、ただ誰を名指しすることなく、手招きした。飛び上がるよう、立ったのは遠藤直経だったが、磯野員昌が、信長のまえに駆け寄り立膝をついた。

「磯野丹波守には過言と聞こえようがどのように感じておろうか。拙者の、いや公方のもくろみだ。腰砕けになった。備前守の対応、不甲斐ないと公方様は思われるだろう。面子だけはつぶさぬように備前守に申してきたが腰砕けのさま」

ここまで言い切るのには、腹に据えかねていた不満がいっきに噴き出したのだろう。

「深く拝聴つかまつります」

「そちの殿は性根が入っておらぬから、六角方の思う壺にはまり、しょぼくれて、引き上げる破目になってしまったのだ」

「どう申せばよいか苦しゅうございます」

そばの遠藤は苦虫を噛み潰したような表情を見せじと深く顔を伏せた。

「そちらを責めたくもないが、備前守のあり様をつぶさに見ていると、愚痴をはきたくなるというものだ。とはいえ、祝言の祝いを兼ねて来た者がこのようなことを申すのも、口さがないのはいいなめないが」

「しかとこころえ、殿を盛り立てるよう対処してまいる所存でございます」

「もう愚痴をならべることは、これ以上申したくないわ」

信長は磯野の斜め後ろに控えていた遠藤を払いのけるように立ち上がって馬の方に足をむけた。

宿所になる成菩提院は、信長が気に入ってよく使っている。伝教大師最澄の開基の寺で嵯峨天皇の勅願所だった。その由緒よりも信長はここからの伊吹山の眺めに魅了されている。小高い山の中腹にある寺の背後に城でも築きたいと思うほど立地が良い。天台宗であるが、のちに比叡山を焼き討した際にもこの寺は焼かれずにすんだ。

寺に着いた。やれやれ一安心といったところ、今度は随行の采配をしていた遠藤をよんだ。よからぬ予感を懐きながら前にすすんだ。

「のう、おぬしらはうらやましいところに住んでおる。うらやましいかぎり。あの山を眺めただけで何とも気が休まる。霊山と崇められているだけあって、よいぞ、ほんとによいぞ」

両手を天に向かって伸ばし深呼吸をする。

「私たちもこの山をながめますと、同じ気持ちになります」

何か輪を掛けて浅井方を詰るのではと恐れていたが、もうそのそぶりは表情からもないことがわかって、遠藤は胸を撫でおろした。だが、ことのほか伊吹山にぞっこん惚れ込んでいるのは、ただ事ではない気もする。一過性のものではないからだ。ずっと思い続けるとそれを現実のものにするのではという懸念がちらつくのである。

伊吹山をおのれのものにする。すなわちこの地を奪うことにつながるからである。遠藤はこのように予見して先を憂えるのである。

そもそも、佐和山に七日もの間とどまった信長に浅井方の面々はほとほと閉口していた。だが、お市の縁者ゆえおくびにも出せないでいた。

屋根は切妻檜皮葺の薬医門をくぐり緩やかな石段の上部に信長の姿が消えたのを見届け、

浅井方の磯野員昌等は佐和山に引き返した。遠藤直経は長政にいままでのいきさつを報告するためにと小谷城に馬を走らせた。早く胸につかえた一物を吐き出したかった。

長政が湯浴みから上がるのをしばらく待った。

「そなたも気苦労かけたな。我の力不足、兄様にさらけ出した格好だが、なかなか事には執念を燃やすお方とおみうけした」

(さすが殿、焦慮の色をつゆもみせていない、ならば話しやすい)

と遠藤は判断した。

「進言いたしたいことがありますゆえ離室で」

「なに込み入った話でもあるというのか」

「手前の率直な思いを申しあげたいのです」

と前置きして、離れ部屋にはいり坐するや否や、遠藤はやみくもにしゃべりだした。

「このたびの上総介の言動を側聞しておりますと、御仁は例えれば陰で糸を引く大将とお見受けいたした。殿に恩を着せて素知らぬ顔ではありませんか。もとも六角氏なんぞ二つ返事で了解さすなど至難の業、関わる前から判然としていたことではありませんか。観音寺を乗っ取り、その次は朝倉殿、この小谷をも領属下におこうとの算段。いかに堅い縁でむすばれているとはいえ、ご用心がいとも肝要で一線を画すことも念頭においていただきたく存じます」

話している間に気が高揚していることが話し方からわかった。

「まだしかと上総介の心情を知り得ていないが、今は公方様を征夷大将軍に就かせることで専心されている。それに協力していくのが浅井家に課せられた任務とこころえている」

遠藤の話には首肯できるところがあるのだが、誇大妄想として退けるまでは長政もできずにいた。

（つらつら考えるにわたしという武将を試すためにわざわざ佐和山に足を運んできたのだ）と遠藤のなにかに取りつかれたような訴えを聞きながら、その思いにひたっていた。

それ以上二人は言葉を重ねることはなく、煮え切らないまま、気まずさの残る対座におわった。

遠藤直経が部屋を辞去した後、長政は茶を喫していると、お市が事の成り行きが気になるのかやってきた。

「義兄様の長逗留の接待おつかれさまでございました」

「そなたを帯同すれば、上総介もさぞかし喜ばれただろうに、残念だった」

「武事にかかわることに出向いていくことは憚られますし、それより、この子を授かりますまでは遠出は禁物でした」

「そうだ、そなたの懐妊について存じておられたのには驚いたな」

「第一印象は？　いかがでしたか」

「責任感の強い意志の固い御方とお見受けした」

「この近江の地をことのほか気に入った様子で、それに食い物についても好評だった」

「気難しいとは感じられませんでしたか」

「そうだな、一徹な気性のことかな。それにしても、我の力量不足には落胆されたことだろう」

「力量不足って、何をおっしゃいます。なにか不手際なことをなされたとでも」

「もうひと押しが足りなかった。六角氏を甘く見ていた。公方様もさぞかし気落ちされたことだろう」

「どうして気落ちを」

「将軍に一日も早く補任されるのを待ち望んでおられるのに、六角氏に領内の通行をはばまれたからだ」

「長く滞在しているのに、自分は口先だけでは事は成就いたしませんのに、殿御が全責任をかぶらなくってよろしいじゃないですか」

とお市は長政の肩をもつ。

そのお市の発言が的を射ていると感じ長政は背筋を伸ばした。

「なんという言葉、上総介を詰る言い草。おどろくかぎり」

「わたくしは殿御をかばうつもりで申したのではありません。事の成り行きから判断したのです」

「そなたに背中を支えてもらった感じ、それに腰砕けざまをすくってもらった感じだ。一献傾けたくなった。そなたの言葉で気力がもどってきた」

「殿御に嫁いで来た身。義兄様方にたって嫁の役目が果たせますか？」

長政を覗き込む目は妖艶な澄みようで彼を魅了するに充分だった。

六角、牙城落ちる

足利義昭は信長から六角方との交渉結果を聴取したが、両者はなぜか多くを語らなかった。

「さようであったか。さもありなん」そう呟くだけだった。

「何が何でも、お約束事は成就させていたしますゆえ、どんと大船に乗ったつもりでいましばらくお待ちくだされ」と、大見得を切ったが、信長は己の天下布武という下心が見え透くことに気を遣いつつも、もはや義昭の上洛を助けることなど二の次である。その実現のためには上洛するのにぐずぐずしていられない。信長にとって日延べは得策ではない。今こそ態勢を整えて果敢に攻め尽くすことを念頭においていた。上洛の前に立ちはだかった六角承禎の存在だが、信長は上洛の準備は着々と進め、その途上で、六角方の抵抗を難なく崩して、意気揚々と上洛を果たすという絵を描いた。

信長は領内の軍勢を引き連れて、佐和山に出向いてからほぼ一ヶ月後、九月七日に敢然と岐阜を発った。だが、観音寺城に居座っている六角方を討ち払うまでは出陣という格好で、足利義昭は美濃の立政寺に留まったままだった。この陣容の内に信長は、越前の朝倉義景ともちろん、浅井にもこの上洛に加わるよう、義昭の御内書を送っている。翌日、近江に入り高宮についた。ここで浅井と朝倉の隊と合流することになっていたが、到着時には両隊とも着いてはいなかった。

長政は、御内書が届くやそれに応じるために準備を整えつつ、朝倉義景にも同行の誘いをかけるのだが、遂によい返事は帰ってこなかった。

もちろん長政が合流にはなはだ遅れたことは、勇んで軍を進めてきた信長に不評を託つことになった。

信長が高宮に二日間も止まったことは、「人馬の息休め」（信長公記）だけが目的ではなく、浅井方と朝倉方の動向を見極めるためでもあった。

高宮という地は犬上川の両岸沿いにあり、その地域で良質の麻が採れ、近江上布として名を知られ、また多賀人社に通じる分岐点でもある。また京極氏の元からの家臣である高宮氏の居城がある。永禄二年から六角氏は攻められ、後に浅井氏に支援を求めている。

その犬上川の河原を埋め尽くす大軍が待機していた。その規模の大きさにいささか長政は気後れしたが、早速、帯同できることの喜びを信長に伝えた。

「備前守痛み入る。頼み申す」

信長はさりげない言葉で応答した。直ちに隊列は愛智川に向かった。十一日その河川敷で野営することにした。堤防の藪に火を放った。敵を威嚇するためであった。信長は、まだその時は左の箕作《みつくり》城、右に控える和田山城この二城の頂点の位置にある六角承禎が防戦の構えでいる観音寺城のいずれを先攻するか決めていなかった。そこでこの近江の事情に詳しい長政に攻略について話を向けた。

「観音寺城は大石で積んだ石垣が多用されていて、いくつもの郭があり攻め倦むきらいがございます」

その説明を聞いた柴田勝家は、

「今我らの軍勢を持って、攻め倦むとは心外な言葉である。その周りを包囲し四方から攻め立てるのが正攻法と存じます」と信長をうながした。すると羽柴秀吉が発言を求めた。

「まず支城のいずれかを攻め落とすざまを見せつければ、本城を攻めやすくなると思料いたします」

「うむ、いかがか備前守どちらをとるかの」と思案気な表情をつくり、また長政に矛先をむけた。重大な決断を押しつけられたと、応答に窮し、ためらっていると、

「支城からつぶしていこう」こともなげに信長は方針を示した。

（しくじった。だが、どだい無理なはなし。戦法などくだす立場にはない）

長政はそんなに深刻な表情にならず、自分から強いて口出しないという態度をとった。その長政の頼りなさを叱責したい気持ちをかかえたまま、

「それでは、羽柴、丹羽の両人に頼めるか」

と信長は二隊に先鋒に立たせた。

この山には鹿木が設けられ容易に攻め登ることができない。攻め倦て、作戦を立て直すことになった。

「はやくもむざむざと幾多の雑兵どもが討たれた。戦法を変えなくては退却せねばならない。面目がたたない。いかなる攻め手があるか」

と秀吉は苛立ちをかくせない。そのとき、羽柴秀吉の家臣蜂須賀彦右衛門が秀吉の前に進み出た。

「このままでは明朝まで攻め寄せることができませぬ。夜討ちを仕掛けるのが得策と存じます」

「夜討ちとな」

「さようでございます。大松明を拵え、山裾から中腹にかけて立てかけ、闇になってからいっせいに火をつけ、兵どもは手に小松明をかざし攻め登ることにしてはどうでありましょうか」

「夜陰に紛れて虚をつくやりかた。よいぞ。たしかに妙案だ。すぐに準備にとりかかるのだ」

秀吉はこぶしを振り上げて号令をかけた。

　田には稲わらがある。それで三尺の松明を数百つくりまた小松明は松の枝を束ねてつくった。すっかりと闇の世界に入るのを見計らって火を放った。いったん攻防に勝ったと油断して動きを止めていた敵の兵は俄の火攻めに慌て動転して戦力を失い逃げ惑うばかりであった。この城の守将、吉田出雲守、建部源八郎、狛修理亮等は夜半過ぎ猛攻を受けこの時までと陣笠を竿の先に括り、降伏の合図を送った。よって山に立て籠もっていた三千あまりの兵は逃げ出し、そのうち三百人は討ち取られてしまった。

　この火柱が幾手からもあがり、その勢いは増すばかりであった。観音寺城にいる承禎・義治親子は城内の大見付から見入っていた。二人とも膝頭ががくとふるえている。

「よかった、きのう城代に防備をかためよと指示に出向いていたのに、いまだ留まっていたら火だるまにされたかもしれない」

「お前がそこにいることを知っての攻撃かもしれぬ。明朝にはここに攻めあがってくることまちがいなし。城兵を鼓舞するのはいまさらおぼつかない。浮き足立っておる」

「されば宵の口まで姿をくらませねば」

「今はそれしか方策がない。命あっての物種。再起の途はある」

「供をいかほど引き連れて」

「身内だけにとどめよう。いまさらついてくる者などいらぬ。お前の不始末がいまだに尾をひいておる」

「甲賀へ落ち延びいたすことに」

「しかり、城内にいる甲賀者に身辺警護させ、怠らないようにな」

六角方の家臣にはいまだに深い不信の念が残っており、このような事態には結束は難しいことと、承禎は読んでいた。というのも義治は家老の後藤但馬守が何かと口うるさく忠言をくりかえすので、いやけがさし、建部日向守に後藤親子を殺害させるというなんとも浅はかなことをしでかしてしまった。それに対して三十余の家臣が憤懣を爆発させたという出来事があった。このような難事においては、民心を脆くも失う破目に陥るのが命取りというのが世の常。ここに至っては、やむをえず六角家が甲賀郡一帯の守護をつとめており、甲賀武士には三好三人衆とも繋がりがあることから、敗走先として選んだのは頷ける。相手方は明朝にも観音寺攻めを敢行というはやる気持ちをおさえて、しばしの仮眠にはいった頃合いを見計らい城をぬけでた。護衛には甲賀者が当たった。

六角氏、観音寺城から逃亡

翌九月十三日、信長方は陣容をそろえて、観音寺城を取り囲んだ。すでに六角氏の居館である御屋形は六角氏が逃げ去る時、火を放っていた。信長はそこから本丸に登った。無抵抗のままいともあっさりと城をあけわたした六角承禎に信長は反面、不気味な思いにさせられた。

味方の手負いもすくなく、上洛への道筋ができたことで、このように高所から俯瞰していると、身に染みる冷気も気にならない。というのも、その頃は、霜が降り城内の樹木は色づきはじめていた。何としても木枯らしが吹き抜けるまでには、義昭を上洛させせなくてはならないと改めて思い起こしていた。信長の背後には、柴田勝家、羽柴秀吉、丹羽長秀のほか和田山城に備えていた美濃三人衆などそれに浅井長政も控えていた。

「羽柴殿、奇策を弄したことが功を奏したのだ。そなた晴れやかな思いにひたっておることだろう」

「的が外れていたならば、この場におれませぬ」

信長の言葉に促されてか秀吉の声に張りがあった。

「的が外れていたら、まだこの城の裾で采配を振るっていたわな」

「いや、殿、我ら美濃衆がいち早く駆け上がり六角など輩を石垣の上から放り投げておとしておったはずでございます」

たまり兼ねたのか、美濃三人衆の頭、氏家直元が口をはさんだ。というのも、六角氏討伐に先陣をつかさどるのを任されるものと信じてきたのに、本命の和田山城攻めに回され功を立てられなかった不満を抱いていた。

「いつものことながら、威勢がよいな。たのもしいかぎり」

信長は、苦笑するばかりである。

「それ、湖上の際にある山は？」

「向こうに見えます山は、安土山と申します」

長政は問われるままに指さした。

いつも信長は自らが縄張をして、城を築城したいという願望を持っていた。信長は佐和山に通じる摺針峠でも城を造りたいという思いをいだいた。今度の安土山は観音寺山いわゆる繖山《きぬがさやま》から連なっていてしかも三方が湖に接しているので地の利を活かせることが、信長の目を瞠らせたのだ。しかも地理的にみても越前、美濃、京方面に通じ要衝の地である。しばし信長は腕組みをして安土山にくぎ付けにされたままでいた。

背後に控えていた丹羽長秀は、羽柴秀吉軍と共に箕作山攻略の立役者だった。まだ興奮冷めやらぬ面持ちで信長の姿を眺めていた。

「のう、丹羽殿、あの山に鯱が躍る城はどうかね」

「殿は目の付けどころがちがいます。この山の頂きに早く築城してほしいと訴えているかのようです」

「そうか、願い出ているとな」

腕組みをとき、丹羽長秀の方に目を転じた。

この丹羽長秀は、信長に以前から小姓として仕え、信長の兄、信広の娘を妻にしている。しかも天正四年、信長が本拠地を安土に移して、この股肱の臣である丹羽長秀に築城を命じている。

宿願の敵をいともたやすく追い払えたことで、そのような思いにうつつを抜かす余裕があった。しかも、六角承禎が敗走したことがわかるや否や、重臣の平井定武、後藤高治などは、脆くも織田方の軍門に下ってしまった。彼らは、城内に屋敷をかまえていたが、六角親子の後を追うことなく、主従の絆を切ってしまった。それに促されるように江南の支城の主どもも降伏が続いた。だが彼らといえどもどこで反逆の虚を衝かれないとも限らない。そこでにらみを利かす策を信長はとった。

　昨日の箕作山攻めにおいて、長政の意気のなさを見るにつけ、歯がゆい思いをした信長は、義昭の上洛の際、供奉などにつかせるなど思いも致さなかった。

「備前守、筋書よりたやすかったが、火種が残っていないとも限らず、安穏は禁物。〝勝って兜の緒を締めよ〟という北条氏綱が遺した言葉にもあるように、目を光らせておくことが肝要だ。その任にあたってもらいたい」

「さようでございますか」

「そうだ。その任を全うせられたい」

「微力でありますが」

「たのんだ。それだけだ」

(貧乏籤を引かされた)

　そのような思いがするが、この行軍において自分もふんぎりの悪さになぜ固守したのか悔やんでいた。

　長政に留守居の役を申しわたし、一方、十四日には義昭を出迎えに側近の不破光治を美濃の立政寺に急がせた。

廿一日　既に御馬を進められ、柏原上菩提院御着座。
廿二日　桑實寺へ御成。（信長公記）

観音寺城はすでに焼け落ちているが、城域の中央にある聖徳太子による創建と伝えている観音正寺と西北に位置する天智天皇の勅願で創建された桑實寺は残っていた。信長は敢えて足利氏と深いつながりのある桑實寺を見せたかったのでこの寺を選んだ。

というのも応仁の乱のあと義昭の父義晴が難を逃れ近江の六角定頼（承禎の父）を頼って三年間、仮の政庁を置いた所だった。これから信長の庇護のもと上洛を果たすことを熱望している義昭は、ここに立ってどのような思いを懐いただろうか。信長に反目し近江路の通行をはばんだ張本人、六角承禎は追い払われこの山にはいない。

武勇天下第一

揚々と義昭を奉じて京に上がったのは、永禄十一年九月二十六日のことで、岐阜城を出立してから二十日と短期間のうちに果たした。義昭が思い焦がれていた大望がいっきに見事に花開いた。禁中の公家衆や洛中、洛外の者たちは、いちように度肝をぬかれた。十月十八日には正親町天皇から征夷大将軍に任じられた。

義昭が上洛してすぐに、信長は、小谷城で留守居を守っているお市に報告の便をとった。大役を果たせたことで、これから自分の「天下布武」に向けて突き進む下地ができ喜んでいる。備前守に対しては、陰に陽に叱咤激励をおしむことのないよう願いたいというものだった。お市は、この叱咤激励という四文字に何故という思いを懐きしばらくじっとその文字を見つめていた。信長は佐和山城で長政と初対面の出会いをしてから、観音寺城の六角承禎成敗作戦において長政の意気地に物足りなさを感じたから、六角承禎討伐後の保安監視という任務に当らせたのだ。それを鋭くお市も見抜いていた。長政の煮えきりの鈍さには、以前から連携をとっている越前の朝倉義景の存在がいまだに読み切れていないところにあると察知していた。どうしてもわからないのは、義昭の上洛に際し、それに従うようにとの誘いにたいして信長に梨のつぶてを食らわしたことだ。長政がいかように感じているか知りたいが、出しゃばることをはばかりながらも何かにすがりたい気持ちがつのる。

　この小谷に来てから、湖に浮かぶ浅井家累代の信仰を篤くしている竹生島を眺め日々を送っているが、その島にある「浅井姫」を祭神とする都久夫須麻《つくぶすま》神社に長政の息災祈願の参詣をしたいができていない。今は身重になってままならぬが、できればはやいうちにと日程をたてていたが、それを先送りにして、岐阜城から藤掛永勝を呼ぶことにした。長政は観音寺城にとどまっているので上洛などの情報には疎い。京の情報をつぶさに知るために岐阜の藤掛を小谷に呼び寄せるに限るという自分のわがままを押し通す挙にでた。この若い藤掛は、お市が、長政の許に嫁ぐ際に付き添ってきた信長の近臣で気心を知り合った仲にある。小谷に吸いつけられるように馳せ参じてきた藤掛は馬から降り、お市が待っている館まで馬の轡をとって歩き出した。同行した者たちもそれに従った。道の両側にはいろはもみじの真紅に染まった葉叢が続いているが、目を楽しませる余裕などない。早くお市の第一声を聞きたいだけだ。というのも、できるだけ早く来てほしいとの文面だけで時勢について伺いたいなどの文面は記されていないので、何の用件で何ゆえに呼び出されたか皆目わからない。お市から長政に愛想をつかしたという一大事の相談をあびせかけられるのではないかと内心穏やかではない。

長政が留守している間に夫婦なかのこじれなどを傍目にさらすことを嫌い、まず藤掛に打ち明けたいと望んでいるかもしれない。藤掛はそんな思いにとりつかれていると気分も沈んでしまう。

奥座敷に通され、茶を喫して茶碗を置くと、そのしぐさを眺めていたお市も自分の茶をゆっくりと飲み干した。その悠揚迫らない応対ぶりと、あでやかで眉目秀麗な顔を正面に見て、懐いていた不安は霧消した。夫婦仲のいざこざなんかをもち出される雰囲気ではない。すぐに自分も微笑をうかべているのに気づいた。

「ご無沙汰いたしておりました。恙無くお過ごしのご様子何よりと存じ上げます」

と改めて懇ろに礼を尽くしてからお市の要件をまった。

「少し見ぬ間に凛々しさがましましたね」笑みがこぼれた。

「もったいないお言葉を賜り歯が浮いてしまいます」

「さて、公方様のことで、あなたが知りうる限りのことでよろしいから、教えていただきたいのです」

「ええー」意外な問いかけだと感じた藤掛は、

「公方様のことでございますか」と、問い直した。

「そうです。公方様は将軍に任命されどうされているかです」

「殿（信長）は万全の態勢で京に上られたので公方様の喜びようは、もろ肌ぬいで小躍りするほどだったようです。これも殿の周到な作労が見事に実ったからでございます」

「それはよろしかった。越前を辞去されてから、この小谷にお立ち寄りなされた折は憂愁の色をなさっておられましたもの。公方様の御心がわかるというもの」

「公方様が万軍の者を引き連れご上洛ですから、洛中昼夜鳴動するばかりの大騒ぎが続いたようです。その様をとてもよしと誇らしく感じとられたはずです」

「そこであなたの心底感じている思いをそっと耳打ちしていただけませんか」

「いかなること？」

「それは義兄様が以前から秘かにいだいておられる『天下布武』についてです」

「殿の心はどこまでも深く、それをのぞき見することなど至難でございます。でも殿と公方様とのその後の成り行きは、お役目御免ということでは終わらないように思えるのです。これはあくまで口外なさらないよう願います。殿は先々を見据えてあくまで冷静かつ沈着でおられることから読み取ることができましょう」

「なるほど、藤掛殿の道理を尽くし、本当に感じているところを隠さず申していただいたと。

私もうなずきたいと思います」

「あくまで二人だけの話にしておいてください。邪推しているかもしれませぬ。つけ加えますと、公方殿からの再三の副将軍就任を無下に首肯なさらなかったことからもわかると思います」

「すると公方様とはそこで袂を分かつことを望んでおられるという──」

「公方様は殿とふとい絆で結ばれているのを殊のほか望んでおられるのに相違ないのですが」

「そら上洛という大役をすんなりとやり遂げられましたものね」

「美濃、尾張の覇者とはいえ、その未曾有の武将としての武威を畿内だけではなく広く、諸大名に知らしめることができたことは、殿の思惑どおりといえましょう」

「おもわくどおり？　上洛支援を踏み台に…」

「いやお市様ですから、またも控えておかないことまで口をすべらせてしまいました」

「それは藤掛殿の真骨頂というものですよ。私もそこが知りたかったのです」

「どうしてそこまでも？」

「それは、わたしの殿御の立場を慮ってのことですよ」

「備前守は殿とは血縁で結ばれた間柄。これから肩を入れられることでしょう」

「そうはならないのではという気がするのです。肩入れも双方の息が合っているかどうかにかかっています。でも、それは相性の善し悪しがついて回ると思うのです。どうでしょうか？」

「難しいですねその問いは──、わたしは、じゅうぶんに備前守を存じ上げていないためでございます」

その言葉のやり取りは息をつく間もなく、くり広げられたが、そこでこの話題は終わりにしたいと藤掛は一歩下がるように視線を膝元におとして、神妙な表情を示した。

朝倉氏要請を握りつぶす

京都は山で囲まれているため、一月は底冷えが続く。寒さに耐え、ほのかな陽光のもと梅が咲きだすのを洛中では心待ちにしている。そんな中、義昭は上洛を果たし、祝賀の慶事がなおも禁中では続いていた。だからやっと征夷大将軍に就けた喜びの余韻がさめることはない。というのもまだ二ヶ月半ほどしか経っていない。そんな義昭が仮の宿所としている本圀寺《ほんこくじ》を永禄十二年一月五日に攻撃される羽目に陥った。信長も岐阜に帰り、警備も手薄になっていたためだった。そこをついたのが義昭の上洛をよしとしない三好三人衆と立場は違うが、信長への執拗な仕返しをもくろむ、斎藤龍興《たつおき》とその部下の長井道利だったが、義昭の後ろ盾の細川藤孝などに追い払われた。このことは当然信長の耳に入り、彼は大雪をいとわず今度は大軍を擁して京に馳せ上ってきた。既に平穏はもどっていた。今度は将軍義昭に対して、

「三好どもを追い払いはしたものの、完膚なきまでに追い込むことを怠っていたことは不覚

を覚えるしだいでございます。ここに至っては、すみやかに将軍の御所を造営する所存でございますゆえ、今しばらくお持ちいただきたい」と大構想を凛々しい面持ちで、ぶち上げた。

「なんという心入れであることか。まことにありがたい。それにしても、下総介殿の顔を見るまでこの胸の痛みはたとえようもなかった」

胸に掌をおしあて、大仰なしぐさをつくった。

「だから申し上げたように、堅固な御所築造を実現する約束をいたすゆえご安心くだされ」

「またもや大船に乗ったつもりで、待たせていただくつもりでござる」

義昭はすでに信長にはぞっこん惚れ込んでいる。

この御所造営は将軍のためだけではなく、信長の威力がいかに横溢しているかを知らしめることを眼目に据えていたので、なすことがすべて強引で、着々と造営が進んでいった。

ポルトガル宣教師ルイス・フロイスは直に見聞したことを『フロイス日本史』の中で書いている。

彼はどこでも座れるように、腰に虎皮を巻き、粗末な衣服をまとい、籐の杖を使って、指図をしていたという。この建設に従事するために方々から諸侯およびすべての貴族が集まり、通常は二万五千人、少ない時で一万五千人になったという。その日の作業開始と終わりは現場の釣鐘の合図に従わせて勝手な行動はゆるされなかった。

弛むことが許されない例として、ルイス・フロイスは目の当たりにして度肝を抜かれたと次のように記している。作業人の前を通りかかった婦人がいた。その者は、興味本位にその貴婦人の被り物を少し上げて顔をのぞこうとしたところ信長の目にとまり、信長はその作業人の首を即座に刎ねたという。

そのようにして二、三年かかると思われていたものがわずか七十日間でみごとに成し遂げられ、彼は信長の執念をまざまざと見せつけられたという。

こんなことも起こっていた。ほぼ造営に目鼻がつき、それに従事した諸侯の部隊は突貫工事によくぞたえた。なんとも疲労困憊の極みにあったが、それよりもよくやったという充実感の方が強かった。その中でも、とかく釈然としないのが浅井長政だった。池泉回遊式庭園の三尊石を選ぶのに信長が思案しているのを知るや、細川藤孝はいち早く手をあげた。

「造園には御目が肥えておられる殿に満足していただけるかと存じますが。手前どもが有している庭石を使ってくだされ」

「そなたの庭も見事なものときいている。間違いないであろう。たのむぞ」

すばやい決着となった。

(先を越された。無念、一呼吸している間にさらわれた)

長政が意気を削がれ、消沈した思いのところ、信長から思いもしていない要求を突き付けられた。

「越前殿が気懸りでしかたがない。一番に公方様が頼った御仁ゆえ、上洛して公方様に恭順と将軍に就任への祝意をなおざりにされている。備前守がその事情を聞き取りの任につき、いち早くとりかかってもらいたい」

ぐっと顔を突き出して、長政の返答をまった。

「さっそく戻りいたしますれば、いち早く京に上がり礼を尽くすように進言申しあげいたしまする」

「そもそも、征夷大将軍として認めない意向であれば、これは拙者としても座視することはできない。幕府を支えてこそ、領地の安泰が確保されるというもの。備前守、そのとおりであろう」

(くどい問いかけではないか)と感じつつ、長政は、うつむき加減になり、軽く咳払いをして言葉を継いだ。

「ごもっともと存じます」

「なによりも気持ちをほぐすように関わってもらうことを願いたい」

「心得致したしだいでございます」

「何とて、公方殿は越前滞在中不義理なことを何かしでかしたとは、聞いていないゆえに越前方の真意がつかめないのじゃ」

まだ言いたいことを残したまま、そこで信長は口を閉じた。

それにしてもこのたびの夫役《ぶやく》には、誠意をこめて当たったが、信長の評価はいかほどであったか、顧みるに、出鼻をくじかれた格好になり心痛が後に残った。急ぎ帰国して、すっきり胸の内をほぐしたい思いがつのる。その相手はもちろんお市である。あのしとやかな笑みを浮かべた面立ちがたゆたう。

何はさておき遅れをとれば命運を賭す覚悟で一目散に義昭の仮御所防衛にと小谷城から馳せ参じてから二ヶ月ぶりの帰城だった。今回の出役は信長方より一日早く京に着いたがそれが裏目にでた。好事魔多しとのごとく信長方から疎まれる結果となり、しかも足軽の犠牲者を多く出した。しかし一応の義理立てを果せたことでは面目を保てた。追手門を入ったところに鎮座する神明社の鳥居の前で社殿を仰ぎ進んだ。水無月の晦日に行われる神社の例祭「夏越の大祓」までには帰れたことはなによりであった。境内にしつけられた茅の輪をくぐり抜け、半年間の穢れを落す神事であるが、城主として宮司の後に通り抜けるのが習わしになっていた。

つもった胸の内を吐き出し、気楽になりたいところだが仮御所の警護に当たり、続いて新御所造営の役務に精励した奉行の三田村、大野木、野村をはじめ足軽などの慰労を優先させたので、翌日になってやっとお市と水入らずの時をもつことができた。

「これはまた、そなたに似て器量よしではないか」

お市から誇らしげに長政にも抱くように両腕に差し出された赤子に思わず顔をまぢかにすり寄せた。誕生して二ヶ月にもなると目鼻立ちも赤子らしい顔つきになってくる。しばらく懐いていたがお市にかえした。

「とりもなおさず上総介に吉報をとどけ致そう。さぞかし欣喜していただけるだろう」

「心配ご無用、知らせ終えておりますゆえ」

「命名なしのままでなしたのか？」

「茶々と名付けております」

「茶々とな。よいではないか、してだれが名付け親か」

「私でございます。殿御が長期に不在故、名無しのままではかわいそうではありませんか」

「それはもっともだ。よい名ではないか」と、赤子の顔の上で指をちらつかせて微笑んでいる。

「子ぼんのうでいらっしゃること」

「そりゃめでたく授かった子宝ではないか」

その言葉を聞いてお市は、〝さいしょの〟とつけ加えさせようとしたが、思いとどまった。

すでに長政には、庶子がいることをうすうす感じとっていたが、そのことを詮索するにはおよばないときめている。つい揶揄したくもあったが、はしたないと思いとどめた。それだけ、お市には長政とは別に情報源がととのっていた。

「いかがでございました。公方様のお館。すばらしい御殿と耳にしましたが、殿御からみて出来栄えはいかかでしょう？」

「公方様も大満足で、上総介に頭が上がらないほどの喜びようだった」

「自分が納得いくまで何が何でもやり遂げるという性格ですから、自分で描いた御所実現に並々ならぬ本領をだし切られたのでしょう」

「まことに舌をまくばかりであった。一方で、このたびの滞在中において、我が方が請け負った作事場で嫌がらせに遭い、手ひどい痛手をこうむり本懐を遂げられたとはいいがたい」

「何があったのでしょう？」

知らない風に装った。

「耳に入っていないというのか」

「しかとは」

「結論から先に申すと、織田方の面々に見下されているということだ」

「ということは義兄《あに》がそのようなことを強いてやったということですか？」

「だろうな。いまだに六角方討伐時に力を出し惜しみしたと受けとられ、それが我が浅井方の評価につながっているのだ。それがまざまざと作事場で出た」

それは次のようなことだ。

御所に庭園の池を掘り造る作業を信長方と長政方で担当することになったが、隣り合わせ互いに作業を進めていると、口々に、

「なんというあの時の諸兵たちの腰砕けのざまは。まともな力量を発揮せずにいたではないか」

「そうだ、そのとおり、おぬし達の錆びついた刃それに不発ばかりの安鉄砲でいかほどの働きができようというものだ」

「御寮人が気の毒でたまらない。恥をかかせてしまった」

と、ののしる。それが高じると信長方の作事場から無断で浅井方の方に余分な水を了解なしに流してくる。

「水というものは高いところから低いところに流れるのがならわし。その道理さえわからぬか」

と、浅井方の三田村など三奉行が抗議しても、信長方の佐久間、柴田、森奉行は聞く耳をもたない。たまりかねてもっこ（土砂など運ぶ用具）の担い棒で信長方の雑兵に殴りかかれ

ば、両者入り乱れて大喧嘩がはじまり負傷者が多数出てしまった。信長が両者をとりなして何とかその場はおさまったというしだい。

新御所に落ち着いた義昭といえば、ここまで信長の一糸乱れず事を成就させた援助をうけたことで、これから将軍の補佐を信長にさせる手はずで、ここで二人は主従の間柄ができたと高を括っていた。

「私が思いめぐらせますのに、長政備前守は一城を主宰する武将でございます。その思考するところを周りの情勢を配慮し、見極めつつ突き進むやり方に、なにの遠慮がいりましょうか」

お市は長政の背中を押す。

「後悔はしていないが、上総介の宿望は尋常でないとお見受けするにつけ、ちょっと立ち止まり思案したくなるのはわたしだけではないと思うが…」

「遠まわしにいわれなくても、殿御が気づいておられることをずばり当ててみましょうか」

「うまく気持を表わせないだけだ。こころあたりがあるというのか」

「四文字で」

「何四文字？　なんだ」

「もう、おわかりになっておられましょうのに」

「そなたの口からききたい」

「この四文字。天・下・布・武」

「なるほど…」

深く頷いてその後の言葉をつなげなかった。お市の手前、立場をわきまえたことになる。

そこで長政は話題を変えた。

「別の話になるが、上総介が拙者にじきじきに密事を漏らされたのだ」

「なんと申されましたか、密事と」

「そうだ。上総介が今最も拘って関心事にされていることだ」

「先ほどの天下布武のこと？」

「そのことでなく、越前殿のことじゃ」

「越前ですと？」

「六角方の後は越前の朝倉義景方に目をむけられたのだ」

「義兄《あに》にそむくような素振りを節々にみせておられるからでしょうか。いや、私のような立場の者が申すのは、お門違いでつつしまなければならない事柄でありますが」

「何も遠慮をすることなどない。夫婦であるゆえ」

「寵愛されていた阿君様《くまぎみ》が突如逝去なされご愁傷の程おしはかるすべもありませぬが、その時期と公方様の上洛のお供要請と重なっておりましたゆえ」

「さようなこともあったとしても、度重なる誘いに梨のつぶてではいかがなものかといぶかりたくなる気持ちもするが」

「それで義兄は何を殿御にせよと申されたのですか」

「真意を問いただすことだ」

「それには適役と殿御を指名されたということですね」

「むずかしい役を引きうけたものだ。単刀直入に話を持って行っても心の内をあかしてはくださらないだろう」

「いまさらおめおめと、将軍就任の祝儀に赴くなど時機を逸してしまっていますものね」

「上総介の不審不満それに公方様への恭順をいかようにすれば、ことはまるく収まるか先が読めない」

「義兄が越前朝倉様に一物を持っているということだけでも、それなりにお伝えしたほうがよろしいのでは——」

「そう私もできるだけ早くにと考えている」ふと深いため息混じりの吐息をもらした。

「そうなさってくださいませ。殿御がどちらの側に立つかは、お話の成り行きでは、決断を迫られる気がいたします」

「そのとおり。よくぞ見抜いている」

(私の立場に成り代わって、申してくれたのだ。兄の肩を一方的に持つことがないのはどうしたことか)

長政はなぜかすがすがしい気分がわいてくるのを覚えた。

「息が詰まるような講釈を並べてしまって、気分を損じられたでしょう」

「いや、さすが令色賢女のおことば、しかと承りましたぞ」両こぶしを立てて、深々と両手をついて頭をさげて、あえておどけてみせた。

「こんな遊戯をなさるのも気が軽くなった証拠、夫婦というものは妙なものですね」

長政の肩に軽く手を置き、お市はこぼれるような笑みをたたえる。


ここで、朝倉義景の話に移ろう。

悠揚に見えるが、二の足を踏むのは義景の性格。そのことで折々に不覚をきたしてきている。というのも年若くして孝景の後を継いだために、高邁な見識をもつ老将で軍奉行の朝倉宗滴を後見人として立て、義景を何かと支え続けさせてきたが、弘治元年亡くなったことがいたかった。

（御屋形様を行く末は天下平定の主として、君臨の栄に浴されるよう計略をめぐらせねばならぬ）

この宗滴の壮図は脆くも彼の病没によって立ち消えとなったが、義景の胸の内には自負として生き続けていた。その願望が彼の判断を鈍らせた。一方で朝倉方の重臣たちの中にもそのような朝倉家の隆盛を待ち望むものがいく人もいた。これが〝井の中の蛙大海を知らず〟という諺のとおり時勢の判断を鈍らせてしまった。

一方で信長とは反目を続けている三好三人衆に与していた松永久秀などは彼らと袂をきっぱりと分かち時勢の先を読み取って身をひるがえした。信長が茶の湯に凝っていることから「我が朝の無双《ぶそう》の名物」と言われた至宝、中国漢時代の茶器を進呈して歓心を得た。

越前の守護の後裔である朝倉方としては、信長など成り上がり者の一武将としてしか見なしていないゆえ、信長の要請を握りつぶして平然として何ら反応を示さない。いまや飛ぶ鳥を落とす勢いにある信長には合点がいかず、朝倉義景の考えなど想像もできない。痺れを切らしそれが憎悪に変わり、新手を繰り出すのは、彼の性向から当然のことだった。

朝倉方は文書で二度通達をうけている。義昭の上洛に際して、

「朝倉左衛門督義景、早々可致上洛」（越州軍記）とまず受けている。

朝倉家には年寄衆は前波、魚住、桜井、青木、栂野、詫美、山崎の七家あった。この年寄衆の衆議によって当主に事の進むべき方針を進言していた。

この信長からの通達は、将軍の名を騙っていることを朝倉方の年寄衆はみぬいていた。

「この粗雑な文句をならべた教書は、将軍が出した命令ではないことは明らか」

「己のたくらみをものにするために、命令に及んだだけだ」

年寄衆が口角泡を飛ばすさまが思い浮かばれよう。前者の発言に火に油をそそがれたのか、

「清洲織田家の一奉行であった者が、主家の足もとをすくい、その勢いに乗って尾張をねじ伏せ、美濃をも怒涛のごとく大波でさらい、今や天下に向けて地固めに血眼になっている。おめおめと同じ穴のむじなになることはない」

信長という成り上がり者とは、朝倉家は泰然として一線を画すことが今、選ぶ途だとの意見が多く出たため、義景はその教書に反応を示さず無視する態度をとった。

この通達は、義昭のための御所普請にかこつけて諸侯が信長の指示に動員してくるかを見極めるのに利用された。その後も宮中の御所の修復を計画してそれに従事させるために諸侯に再度呼びかけた。もちろん朝倉方にも要請がとどいた。

越前朝倉モ上洛有ベシ（越州軍記）

これはほかの諸侯たちも協力してくれるので、朝倉家も今度こそは要請に快く応じるようにという信長の朝倉家を標的にした思いがこめられていた。だが、この要請にも真っ向から受けとめようとしなかった。これについて朝倉家の同家衆（同じ名字を持ち行動を共にした一族）が頭を突き合わせて思うところを出して評議した。

『越州軍記』には、要請に同意できない理由が縷々と述べられている。

同名一人ニ四、五百人相副、在京可有事モ安キ事ナルベシ。但信長、「彼国へ立」「此国を責ヨ」ナド申サルベシ。然レバ終ニハ成間敷キ間、軈テ中絶スベキカ。此度御同心有ベカラズ

さように武門の誉れ高い朝倉家の威信をたもつ立場から信長の要請に従わないのがよいという意見が主流を占めたが、この決断には慎重な立場に立つ者もいた。

年寄衆のなかの一人山崎吉家などは、

「このような時には、何をさておきまず大方の出方に従うのが得策で、上洛をみだりに拒むことはよくない」と諭すが、それでは主流の意見は揺るがない。よって義景としても主流の

意見に従い信長の要請を無視した。

その後に長政からの親書がとどいた。そこには、信長が懸念を抱いていることについて、簡潔に長政の私情を挟まず伝えられていた。それを読み終え折りたたんでいる手がぶるぶるとふるえた。

(おぬしは拙者をどう心得ておるのじゃ)

読み終わって一番に信長のがなり立てている顔が眼前にちらついた。義景にその矛先を向けられていることを知り、うっとうしい気持ちがわきあがる。

(とうとうくるものが来たか)

胸の高鳴りを感じつつ、冷静にとらえ直した。まだそれでも義景は追い詰められた思いにはなっていない。将軍義昭とはまだ信義の絆で結ばれていると信じているからだ。

朝倉家が上洛の後ろ盾になる決心がつかなかったが、義昭は少しの不満を口にすることなく越前を去って岐阜の信長の許へと支援を仰ぐ相手を変えた。

義昭が越前を去る時に「義景の将来を決して見捨てはしない」と、誓書をかわしていたのだ。

(知略に長けた信長ゆえ、将軍にかこつけてどのような挙にでるかもしれない)という思いが忍び寄ってくる。

「なんともわずらわしいことよ。ままならぬ。この世は」

と、嘆く一方で、この一乗谷をおめおめと信長の餌食にされてたまるものかと、強気になる。

（出城の防備を怠っていてはならぬ。それに尾張、美濃からの越前への街道も固めねばならぬ）

という戦略を打ち出した。木ノ芽峠の砦はより強固に、またそれに至る近江国の江北の中河内《なかかわち》、椿坂《つばきざか》にも新たに砦を整備するというものだった。そのためには浅井方に了解をもとめねばならない。さっそく義景は二人の使者、年寄衆七家から山崎吉家と同名衆のうち北庄景行が浅井長政の許に走った。

「なるほどそのようにお考えか」

ひととおり、二人から要件を聞いた長政とその重臣等は押し黙ったままで、詳らかに問い直そうとしなかった。だから畏まったままで神妙な面持ちの使者の二人は気の毒でさえあった。

「のどをうるおすものを用意いたさせよう」

そこで両者の張りつめた空気はやわらいだ。

なんと二人と重臣のまえに出されたのは、醸したてのどぶろくであった。長政は杯に注がれるといっきに煽るように飲んだ。もともと酒は下戸であるが雰囲気をよんでのことだった。列席者も次々にそれを口にすると緊張が緩んできた。重臣の中でも長老格の浅見新右衛門が口を開いた。

「一乗谷では将棋という盤上遊戯が盛んときくが、拙者は将棋など根っから不案内であるので、二手、三手目先まで読めないが、既にそなたの御屋形殿は、なぜ近江国に守りの館の造営が必要と読んだ上での申し出でありましょう」

緻密な思考の持ち主の浅見であるから、美濃から北国街道を通って越前をうかがうのを防備するために中河内、椿坂に砦を築く必要性は分かっていた。彼の発言を腕組みして聞いていた長政は、何度もうなずくしぐさをするものの口を開かないままだ。

「備前守から懇切丁寧に上総介の懸念しているところを御屋形に忠告いただき、意を新にされたと存じます。いずれ何らかの行動をおこされるにちがいがない。そのためにそれに手向かう手だてとして、ご無理を承知で、たっての所望をお願いされているのでございます」

「なるほど、上総介の意図した籠絡に随順することをよしとしない方針を示されたということだな」

浅見新右衛門は思わず合点と手を打ちたいくらいの高揚する気持ちをおさえた。浅見の発言に促されて、

「さすれば今の織田殿の勢力は雪だるま式にその勢いをましているが、それに立ちはだかる意気地をしめされたと申してよかろうか」

浅井家の忠臣として誉れたかき垣見助左衛門は、すでに朝倉方の同名衆や年寄衆の重臣の評定の結果とうけとり、友誼の間柄にある浅井方の対応を念頭において思いを述べた。

「何とか御地の二ヶ所に朝倉方の砦築造に深いお取り計らいを切に願いまする」

朝倉方から提示された中河内、椿坂の予定地は谷川が高時川と余呉川に注ぎ込んでいる飲料水の確保ができることも踏査ずみで、揺るぎのない念の入れようであった。

ここでおもむろに長政は、

(浅井長政よ、おぬしはどう出るか)

と、義景から心の内を探られていると悟り、身を引き締めてふと息を継いだ。

垣見助左衛門が言葉を選んで言った随順ということばの意味を長政は噛みしめていた。

このような朝倉方の動向は、織田方も諜報者が跋扈する世においては、手に取るように伝わっていたし、もちろん朝倉方も信長の動きに手をつくしていた。浅井方の領内に砦を築きはじめると、信長はもはや義景にはがまんできぬと、せかついた思いを募らせていった。

「手向かうことなどおろかなことよ。いまにみておれ、成敗してやる」

このような思いつのりが高じると、信長の計略は理詰めに動く。というのはまず、将軍義昭とは距離を保ち、義昭が将軍として政務に携わりはじめた頃合いを見計らって、それを無力にするために幕府の運営に関する五カ条からなる掟書を送りつけた。その掟書で将軍の采配を制限する最たるものは、今後将軍が出す御内書と呼ぶ文書は、信長に事前に知らせて、信長の添状を付けさせ、すでに義昭が出した指図は反故にして、これからは新に現状に合ったものに改めるようにと信長は、あからさまな介入を憚らなかった。

公家衆、町衆の出迎えの中、信長が上京したのは、二月の晦で翌三月一日には鮮やかな藍色の着衣に冠と衣冠に威儀を正して参内したのちは幕府にも拝謁した。

「これでよし。筋書どおりだ」

信長は朝廷、幕府から勅命と上意をつかみ取ってにんまりとする。

「若狭武田氏家臣武藤友益《ともやす》と申す者、悪逆を企てる虞あり成敗すべきもの」とかこつけさせたものだった。

武藤は若狭武田氏の四家老の一人で、既に他の三人内藤重政、粟屋勝久、熊谷直之は信長方についてしまっている。まだ武藤だけは当主武田元明の指示に従い信長に敵対していた。だが、信長にとっては武藤など端から相手にしていない。あくまで標的は越前朝倉であり口実に使っただけだった。

優柔不断な族、義景

信長が三万もの軍勢を率いて京を出発したのは元亀元年四月二十日だった。朝廷と幕府から武藤友益を討つという勅命と上意を得たのが、三月一日であるから四十日ほどたっている。四月二十日早朝に信長は京を発ち、湖西から若狭を経て越前の敦賀に侵攻し二十五日に天《て》筒山《づつやま》城を包囲し、東南の池見湿地という防備の手薄なところを見定め嚆矢とし、気炎をあげた。

其好粧目ヲゾ驚シッケル（越州軍記二）

信長の鎧・兜姿の際立っていたさまを事細かに記している。

兜の鉢につけ頸、襟を覆う綴《しころ》は三枚兜で、金の八大竜王を打ち付け、鎧は紺地に裏地は金襴。銀の脛当、鞘には金を施した二振の太刀佩《は》き、東国一の名馬に跨り、滋籐の弓をにぎるという出で立ちだった。織田方の軍勢木下秀吉、明智光秀、柴田勝家、丹羽長秀らの家臣のほか徳川家康、前田利家、森可成《よしなり》、松永久秀の諸大名が構えた。

　信長の業腹の極みの出撃に加勢する数は、日に日に増えて敦賀に入ったときは大軍に膨れあがり、信長は意を強くして大軍を睥睨して溜飲をさげた。

「思い知ったか朝倉左衛門督。これが己の権柄よ！」この言葉をうそぶく代わりに天筒山の浮足立っている守備軍を遠望して目の色をかえた。

　此度の遠征には正式な要請を浅井方は受けていなかった。信長側からすれば、言わずとも当然援軍に率先して加わるのが世の習わしだとおおくは語らなかった。

　これだけの大軍が若狭を通り越前に侵攻したのだから、小谷城の浅井方が信長の動きを知っていたはずだ。

「なに、敦賀に着陣したと。どういうことか、越前への直撃ではないと」

　長政は腑に落ちないでいる。しきりに二重顎を掌で擦って落ち着きを失っている。その報は長政の父久政にも同時に伝えられていた。

　家督をすでに譲ったとはいえ事あるたびに長政に指図をだしていた。というのも久政は不本意な退任をしているから、ご隠居したという気分になっていない。

「直ちに評定を開くのだ」いらだった指示がすぐさま長政のもとに飛んできた。長政とて、手をこまねいて思案にあけくれていたわけではない。無性に信長の今度の出方には向かっ腹が立ってしかたがない。

（ないがしろにされた）

みくびり、侮りという屈辱的な扱いをうけたと感じたからだ。

空気を読めなかったきらいもあるが、信長とは同盟関係にあると自負しているので何らの音沙汰があってもよいはずだ。向かっ腹を長政に起こさせたもとはそこにある。一方朝倉義景も長政の領内の中河内、椿坂に砦を造ることを申し出たその時点で信長の動向をつぶさに見抜いていたといえよう。長政の足もとが揺らぎに揺らぐ。

長政評定会《ひょうじょうえ》に呼び出した同名衆、重臣は浅井七郎井規、浅井雅楽助、赤尾美作守清綱、磯野員昌、遠藤直経、垣見助左衛門、大野木土佐守茂俊、三田村左衛門尉定頼、野村伯耆守などだった。

雁首をそろえたのだが、長政は口火を切ろうとせず、深く思いわずらっている体である、ため息をつくばかりである。隣に坐している久政はいつ長政がどうきりだすか気が気でない。その場のふんいきを読むのが巧みな遠藤直経は列席の者を見渡してから、おもむろに口を開いた。

「ここに及んでは、見て素知らぬ面で推しとおすことはできまいとみる。今まさに織田殿は破竹の勢いのきわみにある。ご存じのとおり、知謀に長けており、既に美濃、尾張、三河それに五畿内の諸侯どもを膝下にしっかりと治めてしまったではないか。いかほど力んでみたとしても朝倉方が迎え討とうにも限界というものがござる」

長弁舌をしたと気付いたのか、そこで口をつぐんでしまった。

信長の武威に圧倒されてしまった現状を解きほぐしてみたわけであるが、それに対して一物を持つ者もいた。

「窮鼠の様相にあることを言いたいのか」

「窮鼠とは穏当でないが、信長の勢いは日増しに強くなり我々が把握している域をはるかにこえている」

「なあに〝窮鼠猫を噛む〟というではないか。朝倉殿ゆえ沈着冷静に情勢をつかみ取っておられるに違いがござらん」

同名衆の重臣浅井井規は異をとなえる。

そこで久政が胸につかえたものを吐きだすかのように口をとがらせる。

「菅浦の代官が言わんとするところは、我らは信長方の一味に加わることは先祖に申し立てが立たぬ。いかにように上総介が出るかもう少し見定めることが肝要と存ずる」

「畏れ多いことを申すのでございますが、手をこまねいていてはますます我が浅井家を軽んじ、ひいては何らかの掣肘を加えるかもしれませぬ。これは穿った見方かもしれませぬ。あくまで私の頭で考えた一存でございます」

久政は口をへの字に結び、口を開かずにいた。

そこで赤尾美作守清綱はおもむろに膝をととのえ、久政にまともに視線をおいて、口をひらいた。この赤尾氏は、もとは京極氏に属していたが亮政の時に家臣として取り立てられた。清綱は、長政の父久政を不本意ながら隠居させ長政に家督を継がせた功労者であった。

「下野守に一言申し上げたく存じます。いかようにしても上総介に従うように仕向けるのは尊大の極みでござりますが、義昭殿が将軍に就かれた以上、朝倉義景は何らかの礼を尽くすのが世の習わしというもの。上総介からの上洛要請とはいえ、梨のつぶて状態では、いかなるわけがあろうとも礼儀をなおざりにしたと上総介に叱責を受けても仕方がない。それには深いわだかまりを織田方に抱いておられると思えて仕方がないのでございます」

「なんとまあ、よくもそれほど織田方の肩を持てるものだ」

久政は長政の相談役の立場にある清綱に、もっと罵詈雑言を吹っかけたいのもやまやまだとばかりに目をむき出して睨みつけた。

この言葉はいまだに根底にある清綱などに家督を譲らされた怨念に輪をかけた。

ここに至ったからには、赤尾清綱も老将、引き下がるような浮薄者ではない。

「この期に及んで浅井方としては傍観だけは、慎まねばならぬと存じます。ようは織田方を煙に巻いてしまう方策をとればよいのでござります」

「煙に巻くと、なんじゃそれは？」

久政は思い直したように真顔を突き出した。

「そぶりをみせることだと存じます」

「そぶりな、なるほど」

「形だけで織田方に馳せ参じればいかがでありましょうか」

「面子をたもつということじゃ」

「さように存じます」

(これは妙案、お市にも義理が立つというものだ)

このやり取りを聞いていた長政はうなずいた。

赤尾清綱は長政に視線を移した。清綱は長政の今までと違って、色白のぽってりとした頬が緩むのを見てとっていた。

(これでいける)

「上様、手持衆をいかほどか伴わせて、形をつくろって参陣なさることにすればいかがでございましょう」

と、遠藤喜右衛門は赤尾清綱の提案に対し肉付けをした。

長政は佐和山城で初対面した信長の第一印象は肌に合う人となりの人物ではないととらえている。今まで事あるごとに信長には気が引けてきたのも馬が合わないことも作用している。越前侵攻という、案じていたことが目の前に立ちはだかった今、自分がいよいよ試されていると思いわずらう。だが、城主としての決断には独善は禁物とこころえている。それには家臣等がいかように考えているのか、見定めておくべきと肝に命じていたから、だから聞きに徹していた。評定会が終わりに入ったころ、まだこのことも忘れていては浅井方の立場がないと、三田村左衛門尉定頼が長政に伺いをたてた。三田村氏も京極氏時代の被官で、三田村城主であったが、亮政の台頭により家臣となり、定頼は亮政の娘を娶っている。浅井家を盛り立てた家臣である。

「口はばったいことを申すようでありますが、我ら家臣どもは常々歯がゆく感じていることでございますが、織田家とは御寮人を介して強く結ばれた縁者でありますゆえ、堂々と、今回の織田殿の越前攻めは軽率極まりもないことで、朝倉殿に刃を向けることを辞めるように諭す、いや進言いたすことが、浅井家が今なすべき役割を負っていると存じるのでございます。いかがでございましょうか」

「拙者も左衛門の発言に与するものだ」

その発言に久政は賛同した。

浅井方の盟主としての出方を詰問されたと感じた長政は、

「いち早く兵を仕立てるのにやぶさかではない。だが信長殿に直談判を致すのにためらいはないものの、素直に聞き取ってもらえるとは限らない。今しばし時間をもたせてほしい」

(何が何でもお市の思いに耳を傾けてやるのが夫婦としての私の務めだ。耳寄りなはなしをつかんでいるかもしれない)

というのも、お市が輿入れした時に織田方が付き人を伴わせている。それらの者を介してお市は長政の知り得ないことをつかんでいるかもしれぬと勘ぐったからである。

小谷城内では、ほどなく、浅井家の浮沈がかかる事態が行く末にせまっていると、重臣たちはとらえ浮足立ち始めていた。

長政、試練

中庭で乳母が茶々のおぼつかない足取りを気遣い後追いしている。前のめりになるのを両手で抱えるが、またすりぬけ歩き出す。長政はお市の部屋に行く途中に立ち止まって微笑を浮かべてながめている。

「はやいものだな、達者なものだ、歩きはじめたのを見たのは初めてだ。目を離せなくて大変、大変」

「まだ誕生日まで日がありますのに、おませですこと。殿、それに母上によく似てこんなにかわいい目鼻だち」

「おいおい、てて親似じゃ。そうであろうが」

「いやいやおきれいな母上様似ですとも」

「そうかそうかい」長政は相好を崩して通り過ぎた。

部屋では、お市が念持仏に手を合わせているところだった。

「今こうして念じておりますと、気持ちが落ち着いてくるのです。それにしても、評定会は予定より早くすんでようございますね」

「わたしとそなたの話し合いが余計に長くかかるかもしれぬ。今見てきたが童はつみがなくていい」

「いつかな。産み月は」

もはや二人目を身ごもっている。

「臨月に近づくころには、また殿御は出陣のさなかかもしれませぬ」

「安産であることを陣地から祈ることになろう。わたしがそばにいたとて役にたつはずもないが」と長政は愛しい目でお市を見る。

「何を申されますか、殿御が城においでいただくだけで安穏な心地でおられますのに」

「さようなことを日ごろから抱いてくれると知っただけでうれしいぞ」

「あうんの呼吸と申すとおり夫婦の契りというものですよ」

「そのような色よいことを聞くと、そなたの柔らかい膝枕で、しばしまどろみたくなる」お市の励ましに相好を崩して応える。

「なさいませよ。遠慮せずとも」

「いや、そうともいかぬ。浅井家一大事についてそなたの考えをしかと聞きたいのだ」

「何をにわかにあたふたとされますの。わたくしにいずれのことを問いただしても、殿御の今後にお役にたつことなどありましょうか」

「なあに、そなたは大局的見地から聡明な判断をいままでもいくども、これが我をたすけてくれた」

「なにをおっしゃいますか。そのようなことを申されて」

「いま信長方は越前まで陣を進め、ものともせず朝倉義景を討ち取るべく意気込んで、陣をかまえておられる。今晩、夜を徹して我らも参陣する。ことによると我らを敵対者とみなし、そなたを離縁させ、美濃につれて帰る算段をしている」

「なにゆえに」

お市の化粧顔が一瞬のうちに蒼白にかわった。

「おどろいただろう」

「朝倉方の側に立つということでしょうか？」

「ただ朝倉方、信長方のいずれに加担するというものではない。うすうす感じておろうが、信長殿の今までの心根にわだかまりを感じてきたが、もう目をそばめているのがたえられなくなったのだ」

「天下布武をうちだしておられることをさすのでしょうか」

「そうだ」

「ひとまず兵を引かれて、今一度天下布武について考えを直すようにと意見されるということでしょうか」

「よくぞ我の心底まで見事に読み取ってくれたことか」

目じりを指で押さえた長政は、感極まっている。

「いかようにその旨をお伝えなさるおつもりでしょう」

信長の性分から、戦で気分がとみに高まった時に話し合いなどできるはずがないのは誰からみても明らかなことだ。

(時機というものがありますよ)

喉まで出かかった。この時がいずれくると覚悟していたが、

(長政を支え意に添うよう私も一役かってでよう)と、強く自分に言い聞かせていた。

「街道をふさぐ手段しか今のところ腹案はもちあわせていない」

「評定会ではそこまで突っ込んで評議されていないというのですか」

「そのとおりだ」

「それも反旗を翻したことになるでしょうけれど」

そこで思案気にお市は言葉をとめた。

「妙案でもあるというのか」

「ありますとも、私が義兄様にしらせるのです。頼まれていた〝一肌脱ぐことはできかねると〟」

「なんと」

「さように義兄に急便を託けるのです。輿入れが整った折に義兄様からいざというときはお前も一肌脱ぐ覚悟でいてもらいたいと、頼まれていたのです」

「なるほど、わたしの考えにしたがってくれるということだな」

「さようです。私は小谷の方ですもの、いまさら殿御の考えに背けることなどできかねます」

「かたじけないこと」

長政は大粒の涙をためた。

「覚悟はできました。織田方の近臣、不破光治に上訴書を届けることにいたします。出陣はいつでしょう」

お市の声に張りが出てきた。

不破といえばお市が長政に嫁いだ折の使者で、その後も織田家との取り持ち役を藤掛三河守と共に担っている人物だ。

「すでに陣容は整えているゆえ、一刻も早く陣立てをしたい」すでに長政の目色がみるまに

まし体内に気力がみなぎってきたと見てとったお市は、

（これぞ武将のあるべき姿）

頼もしく見つめ直すと、心の迷いがなぜか吹っ切れた。

夜を徹して湖岸を迂回して進み、塩津と、海津に兵をとどめて街道をかためた。お市の上訴書は不破光治のもとに届けた。その頃、手筒山城は制圧され、峰続きの金ヶ崎城を死守するよう朝倉景恒《かげつね》は義景から命じられていた。彼は敦賀郡司の職にあった。彼の祖父、朝倉宗滴は前にも述べたが、朝倉家の軍奉行で各地を転戦し戦果を挙げ、朝倉家の隆盛に導いた名将であった。だがその朝倉景恒だが何度か手筒山城に救援に出向くも、その都度押しもどされ兵力も弱体していくのに、越前の朝倉方本隊の救援が遅いことに地団駄を踏んでいた。そんな中、一乗谷では事もあろうに朝倉義景の出陣に異論を唱える在番衆の重臣が騒ぎを起こしていると義景に通報がはいった。するとその方の処理に当たるのが先決と、隊を引き上げるという無ざまなことが起こった。

景恒は部下からそのことを告げられると、怒りをあらわにして、槍を樹木の幹に打ちつけて柄をへし折ってしまった。

「かような窮地をなんと心得ておられるのか」と悔しがった。

そのような心中を察するように木下秀吉が巧妙な手口を使い投降を促した。救援がなきことの腹立ちもてつだって、潔くそれに応じた。

信長方は陣容をととのえ越前に向かう段取りをととのえ、木ノ芽峠に向かう矢先に信長のもとに、今度は想像もしていなかった知らせが届いた。その奉書の宛名は不破河内守殿とあった。それを顔色蒼然の不破から受け取った信長はただ事ではないと、不破に問いただす間も惜しいと奉書をひらいた。


兄上に御伝言を請い願う次第。

一肌脱ぐとの御約束偏《ひとえ》に御免願い上げます。


おそるおそる信長を伏し目ぎみに見ながら、思いつめていた。

(なんとな。はて、この意味するところは殿しか解読できえない。それにしても、尋常な文面でないことだけはわかる。気懸なことだ)

不破光治は怪訝な顔のまま注進が何よりも先だと、信長のもとに走ってきたのだった。

「うむ、なんと一肌など脱げぬと！」

一口、口にした酒にむせ返り、吐き出した。盃は落ち割れた。

「いかがなることを申し立てされたのでしょうか」

不破光治は信長の放心した顔を今度はひとみをこらして見つめた。

唾をはき、辺りを見わたした。

「浅井軍はどこに陣営しておるか早く探りを入れよ」

不破光治はますます信長が動転して殺気だっていると気づき、手下の者に指示を出した。

長政が着陣したのは敦賀ではなく、領内の海津と塩津でかなり離れていて、敦賀の疋壇《ひきだ》から枝分かれしている西近江街道と塩津街道が通っている要の地だった。ここに陣を置いたのは相手方の通行を阻む狙いがあった。信長は不破光治から報告を受ける間が持てないのかいら立っていた。お市から受け取った奉書はまだ握ったままで拳の中にあった。

「そのような事実は起こるはずがないと軽くあしらっていたが、これは誠に謀反じゃ。なにゆえに我に背中をむけようとするのか。愚か者ゆえできること」

と、軽くあしらいたいのだが、内心慌て動揺が幾重にも打ちよせていた。そのうえ信長を怒りのるつぼと化す出来事が起きた。というのは浅井方の謀略と軌を　にして将軍足利義昭も、信長にあからさまに背を向けて改元に打って出たことだった。この報を知らせたのは、今は信長の従臣になり下がっている松永久秀であった。この男は、永禄八年五月に将軍足利義輝の暗殺の共謀者で、ほどなく三好三人衆と仲間割れして、後に三好三人衆を大和において襲い、その上、東大寺大仏殿を焼きはらうなど悪逆の数々を犯してきた。だが、信長に歯向かうことは叶わないとみるや、いさぎよく信長にすり寄った。

　こともあろうに義昭が信長の内諾などお構いなしに一存で、四月二十三日をもって、永禄から元亀へと改元したと京からの情報をつたえた。

　将軍足利義昭は絶えず頭を押さえられていた手をようやくはらいのけ〈、〝鬼の居ぬ間の洗濯〟の譬えどおりに大仕事をやってのけたのだった。

「何を出しゃばったことを。なにゆえ、いまやらないといかんのか！」

〝げんき〟という年号を松永から知らされて、漢字を筆で書かせ、確かめてから憤りをより露わにさせた。

「何とも変哲な称号のことか」

　と、今度は奉書紙に墨で書かれた文字がまだ乾かぬうちに、松永から筆をとり、元亀の文字に×印をつけた。

「殿に了解などはございませんでしたか」

「さような重大事を耳にしていたら、こんな怒り心頭に発せずとも念頭に置かずにすんだじゃないか」

「ごもっともに存じます」油に火を注いだ格好になった。

（いらぬお節介をせずにおけばよかった）

松永は後悔したのか、すごすごと引き下がった。というのも義昭は以前、信長の後ろ盾により将軍に就いたとき、朝廷に年号を変える奏上を朝廷にしたいと持ちかけたが、信長はよしとしなかったいきさつがある。

長政の叛逆それに義昭の独断専行という報に悪態を吐いても、成り行きは好転しないと直感したのか、

（いかに自分を冷静な立場におき、先を読み解くかが今なすことだ）

と己を諭す力量をちゃんと持っていた。

長政などの叛逆、謀反など深刻なものと捉えようとしたくはなかった。今ある信長に従っている陣容によって対すればもののかずではないことはあきらかだと自負していた。それよりも将軍の不穏な動きが気懸りだった。

義昭はじっと半開きの眼でねめながら信長が諭す言葉にしかたなしに頷く姿に今まで何度も出くわしたが、そのふて腐れた義昭の顔が信長の目に浮んできた。

（一刻も早く秘密裏に敦賀から去ろう）

このように決めたからには、敦賀から退くのは早かった。一人では何ともならぬ、そこで信長の意をくみ取るのが早く頼りがいのある木下秀吉をよんだ。

「備前守の蜂起、今直ちにへし折って進ぜたいが、義妹《いもうと》のこともあり、いまは時を稼がせて

おく。そのために京に一旦戻るのが賢明だと決めた。そなたはいかがか」

と、信長は珍しく相手に問いを発した。本音のところはまだいいだしたくない。

「ごもっともなご判断。よしなに取り計らいなさるのがよろしかろうと存じます。道中、拙者を帯同して下されても結構でございますが、ここでの後処理を一任してくだされ」と、殿《しんがり》を志願した。

「さすが木下殿よ。たのむ」

「ありがたいご要請、任を全ういたします」

「して、ほかにのこす諸将はいらぬか」

「ご配慮いただきありがとう存じます。では僭越でありますが、同輩の明智光秀、池田勝正を指示くだされば幸いです」

「よしそのようにいたす。雑兵五十を合力のため留め置き、弓、鉄砲も入用だけ備えておくことにいたそう」

「肝心なことは、殿の先駆けをいたす者でございますが」

「そのことを今ほども思案しておったところだ、松永久秀に務めさせる」

「松永殿は地理に詳しい御仁。すぐ呼び寄せましょう」

「何かお役に立てることがございましたら、何なりとお申し付けくだされ」

義昭が独断で改元を行ったことを松永から知らされた時にわけもわからず、憤りを信長にぶつけられたことでいささか辟易していたところ、なぜか声をかけられたのが幸いと松永は丁重に信長の前に進み出た。

「かようなことで、京に帰るが、浅井軍に退路をふさがれない道筋をえらんで案内してほしい」

「心得ておりまする。西近江街道は敵の領内ゆえ避けねばなりませぬ。拙者は若狭の沼田弥太郎という者を知っていますゆえ、その者に先導をいたさせましょう」

「浅井軍に気づかれぬように、しかも幾重にも包囲されぬように」

と、木下秀吉は命令口調で信長の思いを代弁した。

「拙者、近江朽木の領主朽木元綱《くつきもとつな》とは知人でありますゆえ朽木越えがよろしいかと存じます」

「いとまがない、すぐに出発される。つつがなく先導を」

秀吉は急かす。

「たのむ」

とだけ、信長はことばを口にした。

朽木谷では、松永久秀の忠言により朽木元綱は具足姿ではなく、肌色の単衣に烏帽子という威儀にかなった姿で一行を出迎えたので、信長はこの時ばかりは、満面に喜びがにじみ出た。

　幸いにも難儀に出合うことなく無事に京に戻ることができた。京に帰るやいなや信長は改元したいきさつについて、細川藤孝に問い糾した。すると思ってもいなかった事実を知らされ、挙げた拳のやり場に窮する始末であった。というのは、義昭もしたたかな予防策を弄していたのだ。朝廷に奏上して、信長のために先勝祈願を行うことを願い出ていたというのだ。禁裏御所で千度祓いを修したのと石清水八幡宮でも五常楽を百回奏していたという。これを聞いて改元が行われたことに対する異議をまくしたてることはできなくなった。義昭は細川藤孝から信長の振り上げた拳をいともすんなりと下ろさせたと聞いて、

「拙者を直に問い詰めようとする気持ちは、そなたの説明で丸く収まったということだな」

(今回は拙者の思う壺にはまったな) とうそぶき、義昭はにんまりとほくそ笑む。

「さようでございます。対面したときのあの目玉の剥き方は尋常というものではありませんでした。戦勝祈願まで説明が及ぶと目じりがほころぶのをみて、胸の動悸がおさまりました」

「京に急遽もどったのは、ほかにもわけがある」

「と申されますと、朝倉攻めがうまくいかなかったとでも」

「いよいよ混とんとしてきた。それは浅井備前守が矢をむけたことに尽きる」

「つまずいていて及び腰になったのも当然じゃありませんか。公方様の采配次第でどちらに

転ぶか予断は許されません」

と、言いつつ藤孝には不安がはしった。

肝を冷やす信長

信長が金ヶ崎からすんなり退却したことは浅井方にとっては肩透かしに遭ったようなものだった。信長の魂胆は傍目には皆目理解できるものではなかった。そのため浅井長政も信長の足取りを機敏に追うことなく見過ごしている。信長方に随順してきた諸侯の軍勢も突然の陣払いの号令にちりぢりに退却していくのを見ていよいよ拍子抜けを食らう羽目に陥った。そのため長政が挑む構えを示す術を失った。

夜が明けるまで、塩津の陣所にとどまっていたが、長政は重い足取りで小谷城に引き返した。

「よくぞお早くご無事におもどりくださいました。くたびれたお顔をなさっておられないので胸をなで下ろすことができました」

「心配であったたであろう。とんでもないことをやってしまったのだから」

お市は厨子から取り出していた念持仏を元に戻した。絶えず肌身離さずお市の手元においいていたのだろう。その念持仏は愛染明王で浅井家の祈願所である小谷寺から賜ったものだった。

(なんとも、申し開きが立つ言葉が出てこぬ。一睡もできぬ日を過ごしたことにちがいがない)

「これからに耐えなければならぬ。そなたを矢面に立たせて、たもとを分かつことを公言したのだから」

そのように心痛な思いを吐露してお市をながめた。そこには憂いを含んだまばゆいばかりの見目麗しい顔がまちうけていた。長政は発作を起こしたように目の前のお市にすがりつきたい気持ちがわいてきた。思わずお市の腰に手をまわし引き寄せてしまった。お市は、あらとといいながら、長政に身をゆだねて、

「なりゆきしだいで私を離縁させようと義兄《あに》が目論んだとしても応じることでも思っておられるのですか。めっそうもない。わたしは小谷の方であるということを片時もわすれないでください」とこぶしをつくり長政の背中をたたく。

「これで役目を果たしたから、これで御免つかまつりますと申すのでけと弱気になっただけだ」

「その思いを胸の内に少しでも留めては殿御らしくありませぬ。そんなおもいは今すぐに吐

きだし捨ててください」

と、声をふるわせ、今度は長政の膝に顔をぐいぐいとおしあてた。

「そんなに顔を擦り付けると、美顔がだいなしになるではないか」

「これからの運命を思うと胸が騒いでしまうのです。義兄には従う気はないので安心なされ。わたしがいることを心丈夫におもってください。裏も表もわたしにはありません。でも義兄は私とは違った気性の持ち主ということだけは忘れないでいただきたいのです」

「どのような気性と？」長政も充分に感じていることを敢えて問うた。

「物事にとことん拘るという性癖です。つまり、執着する思いがとても強いということです。すでに感じておられるとおりに」

「じわじわとにじり寄られるということだな」

「義兄にそむくご決断をなさったからには、わたしも従います。今すぐに今後の対応を練り上げてください。力になれることなど何なりと申してください」

それを聞いた長政は、すでに心を一にする覚悟ができていることを示すためにお市の背中に腕を回してしめつけるように力をいれた。

「かくなる上は、本意を貫く覚悟で進んでいくので、わたしをよしとしてついて来てもらえるな。たのむぞ」

「難事がいく波も押し寄せてもそれに私も堪える覇気を培うつもりでございます」ここにおいてお市の慧眼が開花した。

お市は涙で乱れた顔を袖で隠して、自分の意思を強く伝えた。長政は居ずまいを直して彼女の言葉を咀嚼した。

信長に対して浅井長政が反旗を翻したのを知り、それにいち早く反応したのが六角承禎だった。義昭上洛に与しなかったので、観音寺城を追われ、甲賀に潜んでいたが、まだ余力は残していた。そこでは甲賀武士五十三家の者を信長への攻勢のために糾合させ、結束をかためていた。そして目を向けたのが、浅井長政に対してだった。今まで、いく度も浅井方と反目を繰り返してきたが、今度は六角方からすり寄ってきた。

六角承禎は信長に対する長政の動きを手に取るほど詳らかにつかんでいた。甲賀武士を使者として小谷城に向かわせ、浅井長政に湖東の鯰江《なまずえ》城に足を運んでほしいと迎えに来させた。使者から何れの説明をうけずとも、長政が鯰江城といわれただけで六角承禎の狙いを読みとることができた。そもそも鯰江城は、永禄十一年承禎が信長に攻められ甲賀に逃げ込んだのち、この城に滞在して再起の機会をねらっていたのだ。城主鯰江貞景はもとから六角承禎の直々の重臣、信長打倒の一翼を担っている。最近になって空濠の増設や土塁を補修するなど、六角承禎の意向を忠実に具体化させていた。このことは長政もわかっていた。長政は承禎に久しぶりに会った。観音寺城にいた頃より黒光りする額を掌でたたく癖があるが、しきりにそうしながら意気を揚げる表情には武将としての覇気がみなぎっている。

「とうとう備前守は本性をむきだされたようでござるな」

会っていきなりそう長政に挑発してきた。長政は、観音寺城攻めの時、自軍の指揮に精彩を欠き、力を抜いていると信長にふがいなさを印象づけてしまった。そのときすでに承禎・信長と距離を置いていたことが幸いして、今の自分があることに恩義を感じて謝辞の一言でも承禎の口からもらえるかと長政は待っていた。だが、そんなことには頓着せず、長政が信長とは火を擦りたる間柄であることをついてきた。

「もう織田のそなたに対して向けられた憤怒を鎮めることは到底できぬとおもうが……」

「今織田殿とのほつれをいかにかがるか、考えあぐねているところでござる」

「防備だけでは今の織田の統率の巧みさからそれを打ち砕くことはできぬ」

「防戦で済まそうとは毛頭考えていないが」

「織田に袂《たもと》を連ねる諸侯の輩は保身のみ。敢然と立ち向かう気構えを持っていただきたく存ずる」

「ありがたいご忠告、力がみなぎってくるのを感じているしだいでござる」

「我は、先行して奇策で相対してことを成し遂げるつもり」

「ことを成し遂げるとは穏当でない発言ではないか」

これに対し承禎は、

「これについては、まだわれの胸裏に秘めておくだけで備前守に耳打ちするのも憚られるところ」

「しかとそなたの意図するところを読み取ることはできないが、そなたの一助にすがるときは快く応じてもらいたく存じ上げる」

(観音寺城の時とは六角方の軍勢の勢いは、かなり削がれているが、甲賀衆を使おうとしているな)

うすうす承禎の話から長政はそう読みとっていた。

長政は何ゆえに鯰江城に呼び出されたのか模糊としてわからないまま、煽られた気分を持ちつつ小谷城に戻った。

その頃、信長は京にまだとどまっていた。

将軍足利義昭が独断で改元を行い信長にさからう兆しが濃くなったかと危ぶみもしたが、信長は義昭をけん制するだけに収めた。もうこれ以上長く京にとどまる必要がない。根城に戻ることにした。だが、六角、浅井が組んで街道を塞ぎ、蜂起することが充分に考えられる。中山道、八風街道は常に往来してきているが今度は警戒を怠らなかった。そこで湖東地方ににらみを利せるために永原、長光寺、安土を抑えて息を吹きかけた。それと併せて、信長は永原まで来て、佐久間信盛等から六角方の懐柔に当たらせた。佐久間は、

「六角の言い分にとくと耳を傾け、なびくように努めに努めたのですが、和睦にはどうしても応じずじまいで根負けいたしました」と、信長の帰途が危ぶまれることをわびた。

「またしても六角方は首をたてに振らないのか」信長は、あきれ顔であるが、性根は揺るぎない。

「浅井方と、ぐるになったことで、勢い込んできたようです」

「美濃に一刻も早く帰りたいので、間道をさがすように」

近江と伊勢の境には、急峻な鈴鹿山塊がたちはだかっているので、逃げ道などざらにはない。永原の東に甲津畑という寒村が山懐にある。その地域の豪族、速水勘六左衛門に佐久間信盛は目をつけた。この男は、信長が六角方を牽制するために、佐久間らを要所に配備させたことで、いち早くこの寒村を護る使命を全うするために六角承禎の家臣から信長方へと鞍替えをしている。

「伊勢に抜ける間道を地元ゆえ知っておろう。いかがか」

信盛の問いかけにこの田舎の豪族は、鞍替えしたことに異心がないことを示し、また信長に媚びを売る絶好の時がきたととびついた。

「この域の者だけしか通らない千草越えの路があります。拙者の屋敷のわきから山に入る路で馬もとおることができます」

「そなたが先頭になり案内できるか」

「もちろんでございます。伊勢の地まで間違いなく先導いたします。おまかせくだされ。要所ごとに村人を出させて警護いたしますゆえ」

「いやそっと通過したいのだ」

「おっしゃること、ごもっとも、しくじりはゆるされませぬ。そのところはこちらにおまかせくだされ」話はまとまった。だが、村人すべてが信長の傘下に入ったとはいえない。いち早く六角方にその報がつたわった。直ちに六角方の重臣が呼ばれ、いかに怨敵である信長を襲撃するかに焦点が絞られた。その評議の輪の中に承禎に仕えている女が、息をつまらせて、しゃしゃりでた。

「私の親をお使いくだされ」この女は承禎に仕えさせている杉谷善住坊の娘で実は、諜者だった。

「なんと、親をと」承禎は問い返した。

「そうでございます。火縄銃の威力に取りつかれ、その鍛錬に努めておりますゆえ、必ずやりとげられると存じます」

それを聞いて重臣の一人は、

「甲賀唯一の鉄砲の達人がいると聞き及んでいたが、おぬしの親であったのか」

「弓より威力がある故、火縄銃が退治に有効かもしれぬ。その方を呼べ」

六角承禎の決断ははやい。

直ちに善住坊は狙撃するためどこで潜むかその街道を闇に乗じて偵察した。選んだのが対岸に大岩があるところだった。射程距離は十分で岩陰に身をひそめることもできる。火縄銃を取り換えるために他に一人の補助者をおくことにした。

伊勢に出るためには峠を二つ越えなければならない。帳が下りる前には速水勘六左衛門の屋敷を出発する必要がある。庭には枝ぶりの良い黒松がどっかと庭の中央に幹をくねらすようにあった。信長の馬の手綱をその幹につないで、信長一行は速水の屋敷で休憩をとった。速水は信長の先達を務められることで、面目を施すことができると胸の高鳴りをおぼえながらそこを発った。

馬のいななきが聞こえてきた。

信長の一行が近づいてきた。

杉谷善住坊は何度も深く息をすいこんでは平静をつくろった。坂道ゆえ馬の手綱をとる者は歩調をゆるめた。

木陰に馬上の姿を見定め、撃つ頃合いを待った。

突如火薬が火を噴いた。

馬上の信長は身をのけぞらした。

馬が前脚を浮かせてたじろいだ。

補助者からもう一方の銃を素早く受け取り狙いをさだめた。だが一発とも命中しなかった。

信長は玉がそれて落馬しなかったのが幸いした。狙撃した二人はその場から逃れるために坂を一目散に駆け登り林の中、深く藪をかき分けて姿をくらました。

朗報を待っていた承禎だが、脳天に一撃を食らったように目の前が真っ暗になった。

「不覚をとったと。なんということだ」と、叫んで、その場に崩れるように座り込んだ。

すると、今度は冷ややかな視線のうらに怒りをみなぎらせ、奥歯をがたがたとさせた信長の形相が目の前に浮かんできた。

にらみ合い

岐阜城に二十一日に帰ったが、信長は気分の高揚が続き、怨念の炎が燃え盛っていた。

このやり場のないうっとうしい気分を晴らそうと、天守閣からうす靄にかすむ濃尾平野を見わたした。真下に悠久の時を刻んでゆったりと川面をきらきらさせ、長良川はなにものにも動じないようにみえる。だが、あの時の衝撃は今なお疼き、安穏とした気分にはなれない。平野のどん詰まりには山稜が連なり、その奥には伊吹山が顔をのぞかせている。その裏には小谷の山がある。

(こともあろうに天下布武に、もろにたて突いたのがおぬしではないか）信長は改めて思いめぐらし憤然とわめきたい気持ちをかろうじて抑える。

(今度こそ六角の輩をせん滅させ、その上で、浅井長政を討つ）

そう信長は腹をきめた。

その頃、肩透かしを食らって茫然と拍子抜けに陥っていた六角承禎だが、甲賀衆の汚名をすすぎたいとの強い思いに、砕けた腰を持ち上げた。甲賀の地から野洲川沿いを下り乙窪まで軍勢を進めていると、それを知るや信長は永原にいた佐々木信盛と長光寺山の柴田勝家に迎え討ちをさせた。甲賀衆の結束ももろく、六角勢はむざむざと大敗を喫して息の根を止められた。

次に信長は浅井長政をいかに討つかということに考えを向けた。だが、義妹、お市を長政の道づれにはさせたくなかった。藤掛永勝を呼び伝えた。

「今度は、お市とその子を迎えに行ってほしいのだ」

「かくなるお考えであれば、長政の御寮人とはいえ、刃を向けてはなりません。おっしゃるとおり自明の理でございます。輿入れの時に随伴いたしましたゆえ、浅井家にはかかわりやすいゆえ、そのお役目を承りたく存じます」

「うまく話をまとめてもらいたいものだが」

「何を弱気なおことば。殿らしくございませぬ」

「あの鉄砲の音がまだ耳の底に残っているのだ。弱気になるのも無理もないだろうに」

「殿のお心を伝えれば、納得いただけますとも」

と言いつつも、藤掛永勝は、重荷を担ってしまったという気持ちになった。

浅井方には思わぬことが起きていた。美濃との国境をかためることを急ぐために、家臣赤尾清綱を越前にそれに応じるように遣わした。朝倉義景は朝倉景鏡《かげあきら》に命じて、三千の郎党をつけて、長比《たけくらべ》と苅安《かりやす》の砦の修築にかかわった。いち早くこれらの浅井方の動きを知った信長は木下秀吉に美濃と近江の往来を阻止するという先方の意図を砕くように指示をだした。浅井家とも親交があった竹中重治（半兵衛）は秀吉の頼みに応じて、長比砦の頭、堀秀村を味方に引き入れる工作に取りかかった。この堀は病死した父の後を継いだが幼少のこともあり家臣の樋口直房が補佐していた。竹中重治は、巧みに樋口に織田方へ誘い込む働きかけを行いやすやすと実らせた。このことは、『嶋記録』にある。

在夜樋口三郎兵東へ忍ヒ行、暁帰、与力衆へムホンノ段カタリ、刈刈安在番ノ衆へモ同心歟トミツミツニコトハリケレハ尤同心可申候。

小谷城では、重臣が呼び寄せられた。堀秀村を補佐し実際の采配をしていた樋口直房が織田方に就いたことで、家臣の結束を引き締めるためであった。そもそも長政が信長から離反したそのことに、まだ家臣には長政の本意をいぶかる気持を払いきれていない者がかなりいた。この評定会に臨む前に長政は決断を迫られる夫婦問題を突き付けられたのだった。それは先に触れた信長のお市を離縁させ岐阜につれもどすという、実質上の宣戦布告だった。

信長からの使者、藤掛永勝は小谷城に入り、お市と二人だけで信長の方針を伝えることができた。かくも容易にお市に会うことができたのは、輿入れと同時に織田方から世話人として来た従者がいまだに小谷の地にとどまっていたから、藤掛は面会ができたのだった。

「わが殿の御名代で参じましたが、あくまで、ご内密な事柄のために、要点のみ申しあげ、奥方様の直のお心持をうけたまわり、それを我が殿にお伝えいたしますので、どうかお聞きくだされ」

「三河守肩の力をぐっと抜いておはなしくだされ」

お市は、微笑さえうかべている。

「はい、ありがとう存じます」と言いつつも、いかに話を切り出すか、心中穏やかでない様子で額には大粒の汗が浮かび、その汗が畳に落ちかけているのを見て、お市は、懐紙をとり、額を拭くしぐさをして藤掛にさし出した。

「殿は岐阜に奥方様がお戻りになる強いお心があれば、お戻りいただきたいとのお考えなのです」

そこで間を置き、お市の顔色をうかがった。

「このことは、私から申すまでもなく、浅井家が織田家に対して背を向けられたことで、殿は心底から心を痛めておられます。しかしながら、殿は天下布武を公言されている立場から、浅井家に対して向後、風当たりを強くされるお考えがあるからでございます」

「申しにくいことをお伝えいたしました、義兄上のお考えについては、私一人で決めかねます。夫婦が話し合い結論を導き出すことが、至当なやり方と考えています」

「ご相談くだされますか」

「今すぐとは申せません。私もしかと義兄上の意図をもう一度考える間がほしいのです」

お市を同道して岐阜に帰れる望みを少なからず持っていた藤掛の顔はそれを聞いてゆがんだ。

「お考えやご相談に時間が必要ということでしょうか」

「はい、そのとおりでございます」

「さようにございますか。その旨をお伝えいたします」

無理強いは禁物とそこですんなりと引き下がった。だが、本意が果たせず、消沈の体の藤掛をみて、

「これから先うねるような荒波に揉まれ喘《あえ》がなくてはならないと、漠と感じています。それ故、三河守に手を差し伸べていただかなくてはならぬ時には、必ずや応じ願いたい」

と、話の後半は命令口調になった。

（苦しい立場に立たされておられる）とお市は彼の心中を察した。

「その折は、粉骨砕身いたしますゆえお申し付け願います」

この言葉を聞いて使者としての役目の一端を果たすことができたと内心ほっとした。

「頼みますよ」お市は、視線を合わせてじっと藤掛永勝を見入る。部屋の外まで藤掛を見送ってから急いで長政に告げた。長政にとっては、国境の二つの砦が織田方に攻略されて、大きな痛手を被って、暗澹とした気持ちにさせられていた。

「長比砦を奪って、堂々と街道をまかり通ることができるようになったので、次にはそなたを迎えに」

「義兄は標的を朝倉殿から殿御に的をしぼったのがはっきりとわかります」

あんどんの火が揺らめく。それに合わせたかのように、長政は見繕いしてから背筋を伸ばした。

「わたしの思念は尊大すぎると受けとり、浅井としての分際をわきまえろと上総介の逆鱗に触れたといえよう」

「口幅ったいことを申し上げるのですが、いまだに身内の被官の方々も殿御の思い、すなわち浅井家の進む道筋がわからずにおられるのではー」

「だからはやばやと内通した樋口三郎兵衛のような者までだしたことをいっているのか」

「被官の皆さまをまとめるのが殿御の大切なお役目。おろそかにしすぎたのではありませぬか」

「そうともいえよう」

「今こそ一丸とならなければ、浅井家の前途はありませぬ」

「してそなたは、いかなる身の振り方をするつもりじゃ」

鋭く核心を突かれたという思いが強く、長政は今度は話題をかえた。

「どうか、今に至ってそのようなことを問わないでください。お暇をいただきますとどうして申せましょうか」

「なるほど」

「そのような気持があればはやばやと、三河守に従って小谷からさっさと子の手を引いて、おさらばしております」

「そうなれば、おいおい待てとわたしは押しとどめるのに血まなこになったことだろう」

「そうですとも、涙でぐちゃぐちゃになった顔で、私の袖にすがりついて…。いや、こんな気楽で気の抜けたはなしはよしてください」

「以前の話でそなたの真意を知り得て、手を合わしたくなったものだが、たとえがよくないが、わたしが御台所の胸をぐいと開けその内をのぞけたゆえ、駄洒落を申したまでござる」

おどけた口調で返した。

「そんなに胸元を大きくひろげましたか。気分がなごんだところで、それ、被官の皆様との評議の場に早く参られてはいかがでしょう」

はりのある声をだして、わざわざ長政の背中をはたいた。

これはもう小谷の方になりきっているといえよう。

このような長政とお市との夫婦仲など、信長は知るよしもない。お市が岐阜に戻れないのも、浅井長政によるところだと、短絡的に信長が受け取るのもむりはない。

だが、なにが何でも長政の謀略は許すことができぬと、甲賀での狙撃を受けたあと、その考えがつよくなっていた。

浅倉義景を討つより先に浅井長政を退治すると意気込み、六月十九日、岐阜城を出陣した。まだ徳川家康は、越前出陣の時も徳川家康に協力をえているが今度も陣を仕立てるように要請した。家康は、信長には恩があるのを痛いほど感じている。というのも、桶狭間の合戦で織田信長に今川義元が敗れた。そこで、人質として駿河にいた家康は岡崎に帰ることができた。それからは織田信長の協力を得て、三河平定に向けて勢力を拡大していった。よって今回の要請にもすんなりと応じたのであった。まず近江に入り、街道のかなめとして、築いた浅井方の長比城はすでに木下秀吉によって、乗っ取っているのでそこでひとまず陣を取った。そこで浅井方の出方をうかがう策に出た。一方で浅井方も思いがけない信長の侵攻にあわてた。

そこで、血気盛んな遠藤直径は、浅井久政のところに駆けこんだ。

「浅井方はいまだに一丸となって、織田信長に対する構えが出来ていないと、見うけるのでございます。猶予のない事態に立ち至ったからには、小谷城をいかに死守するか対策を講じることが今、肝要と存じます」と遠藤が申し立てた。

これは長政に直訴すればすむことかもしれないが、浅井方当主を交代しているといっても、久政はいまだに隠然とした力をもっているからだ。久政はもともと織田信長とは反りが合わない立場をとってきた。

「優柔な質はいかんともし難いが、脇の甘いのは、致命的な痛手を負う。徳川方まで連れてきたというではないか」久政が言う。

「わが手勢だけでは迎え討つことはできかねる故、越前方に出張りを懇請したところです。朝倉勢は土台が強固だから、連携を密にしなければいかん。まだわが勢はたるみがありいつそれがほつれるかもしれない」

「長比城の在番として重責を託した樋口直房にうまくしてやられ憤懣やるかたなしといったところ」

「これで織田方をがぜん勢いづけてしまったのだ」久政は、扇で強く畳をたたいてから長政をにらんだ。

「初めから寝返りの魂胆をひそめていた。向こう在番の任に就きたいと手を上げてくるのは禁物ということがよく分かったしだい」

「お前も端から相手を信用してはならぬ。お人よしは我に似たが、とんだところでつけこまれるのだ」

「このたびは相当の覚悟を持ってかからなくてはならぬと肝に銘じているところです」

「そうだ覚悟がいる。して内儀の事だが、まだ気を許してはならぬぞ。いつ掌をかえすかわからぬと心得ておくように」

「いまのところそのようなそぶりは見えませぬが」

「そのように岐阜城へ引き上げさせられなくなると今度は内儀にも刃を向けてくるだろう。その時は身を挺して護ってやらなくてはならぬぞ」

「こころえております」

「事に直面してからでは遅い。考えていたことだが、実宰庵はお前も何度も訪ねたことがあろう。その時がきたら実宰庵でかくまえ」

「なるほど」

長政は一瞬身震いをして応じた。

この実宰庵というのは、久政の娘すなわち長政の姉、昌安見久《しょうあんけんきゅう》が、庵主の寺院である。小谷城から東に一里あまりで、それほどに離れてはいない。

「前もって直に阿久（庵主）に、ことの成り行きを説明して頼み、心がまえをさせておくことだ。その後のことは、いま絵に描けない」

「天下布武実現のために公方殿をよしなに巧みに操るやり方は、どうみても道理にそむくことでわたしの信念がよしとしなかった。この顛末が信長殿の逆鱗に触れたことはまちがいあるまい」お市に告げたと同じことをもち出した。

「もうよい。冗長な講釈はやめにするがよい。我らだけでなく家臣の面々にも火急の事態が目の前に迫っている。火の粉を払うだけではすまされぬ」

「かように至った以上、我が信念を貫くためにわが浅井方は一向一揆の後ろ盾になって火の玉となり立ち向かう所存。無論朝倉方にも要請は当然のこと」

「我もできるだけの力をお前に注ぐつもりでいる」

久政の声に潤みがみえた。その感情のたかまりを抑えるように、長政の両手をきつく握った。

浅井方の家臣は、生え抜きの者ではない。もとは京極方に仕えていたのが大半でその外に、名主や土豪と呼ばれる在地を治めていた地域の領主層からなりたっている。だから、まだ浅井家と密着した関係を保持できていないきらいがある。それを裏付けるように、浅井方の局面が厳しくなっていくと判断すると、家臣は浅井方からいとも簡単に離反していったのだ。

辰鼻表合戦（姉川合戦）

じわじわと小谷山に狙いを定めた織田信長は、浅井方の出方をうかがっていた。浅井長政の息の根を止めることに狙いを定めることに信長は思いを巡らしていた。まず陽動作戦をしかけること。それは小谷城の近在に火を放ち領民をあたふたさせることだった。

一方浅井方はまだ織田勢が長比砦に止まっているうちに、懐柔策はないか一縷の望みをつないでいた。というのも、重臣との評議の場で浅井の同名衆井《い》規《のり》が意外な提案をした。

「あの手この手をつくして、攻め立てるのはまちがいござらん。これに抗するのは至難の業、思い付きではないが、お市殿に直に談判に挑んでいただくことに尽きると存ずるのだがいかがなものでござろうか」

隣にいた赤尾清綱は長政をひとたび見てから、

「御寮人をご名代にお立てするということか」と、さも驚いた態で聞きかえした。

「言わずもがなのことをいう」と、ことばをつき返した。気が立っているようだ。

「術中に陥るとはこのことをいう。それはならん」浅井久政は血相をかえて声をあらげた。そもそも、前も述べたように、家督を赤尾清綱らに意に沿うことなく譲らせられたことでしこりが残っていることも作用している。

「ちょっと荷がおもい気もするが」

その場の空気を取り繕って長政は言った。

「荷がおもすぎるのではない。そのようなことをしたら、袖を引っ張り、二度と殿のもとには戻さないだろうよ」

久政は頭から俎上に載せる考えでなかった。

「織田勢が小室、瓜生、馬上あたりに火をはなちました」と、手勢から報が飛び込んできた。

「陣をととのえよ」と長政は指示をくだした。

織田方は動いた。

あやぶみおそれていたとおり、陽動作戦にでた。するすると小谷城近くまで軍勢を進めた。雲雀山に森可成を入れ、信長は小谷城の向かい虎御前山まで近づいてきた。長政は軍勢を信長勢と対峙させることはしなかった。そうたやすく堅固な城を攻められてたまるものかと息巻いた。だが、信長とて戦術の立て方は巧者、先を読んでいる。

「殿、陣を引きはじめました」と、それを遠望して、

「長比砦にいったん兵を戻すのか」と、長政は、信長の魂胆をよみきれていない。

「越前からの援軍はまだか」

「すでにこちらに向かっているはずですが、なんとも、悠長に構えておりますことやら」

「朝倉勢が来援してもらわねば、態勢がととのわぬ」

長政は、落ち着かない。

「敵のいわくありげな動き、不気味さを感じる時こそ用心が肝要」

「ごもっとも、それにしても浅井方から使者を送ってくるのを待っていたのかもしれませぬ」

浅井井規は、信長と長政が再び膝を突き合わせ談判する余地をあきらめてはいない。

「未練がましいことを申すな。ここにいたったからには、今さらそのような安直な考えは通用しない」

「そう申されると殿の方針に従うほかない」

浅井井規は長政とは縁者ゆえそこまで自分の考えを出せるのだ。

したたかな相手というのは、このようなことをいう。信長勢は南西に一里半ほどのところにある横山に目をつけたのだ。目をつけたというよりすでに事前にこの山を乗っ取り、小谷城攻略の足掛かりにする方策を抱いていた。この横山は南北に長く伸びた丘陵であり、その山には横山城がある。この山の北の端は龍ヶ鼻と呼ばれ、その近くに中山道、北国街道、眼下には、北国脇往還（江戸時代の呼び名）が通っている。その街道を押さえる要の地であるので、浅井方は付城を築いていたのだ。その山城には在番の頭として大野木秀俊それに三田村国定、野村直隆が詰めていた。その横山城を落とすために近臣の武将、柴田勝家、木下秀吉、不破河内守などの面々で三ヶ所の通路をかためさせた。信長はここでも、間を置いた。

「どうだ。小谷の様子をつぶさに見守れ」

攻撃をしかけない。

この横山城から小谷城は見通せる距離にある。いつ浅井勢が動き出すか見守っている。

小谷城の御屋敷はお市が留守を預かっていた。久しぶりに詰めていた城から長政が戻った。というのも、次女が生まれたのだ。

「どれ、てて親似だろうな」

赤子をのぞき込んだ。

「何また同じことを申されて、茶々のときもさようにおっしゃったじゃありませんか」笑顔をうかべて、

「母さん似ですよといってあげなさい」主に会えた嬉しさも加わり、潤み声になっている。

長政の頬が心もちそげていると気づいた。

「すぐお戻りなさらねばなりませんでしょう」

「一刻も気を許せぬ一大事の渦中にたたされている」

「わたしにお役に立てることがあればよろしいのに。でも、この状態ではしばらくは何ともなりませせね」

「ゆっくり休むがよい。この子を眺められただけでじゅうぶん」

と、また、長政はつけ加えた。

「そうだったんだな、そなたが美濃に帰っていたならば、そちらで赤子を産み落としていたことになるな」

「そのような仮定の話など私は耳を塞いで聞きいれませんもの」

「なぜかふと頭にうかんだだけだ」

「和解の糸口はなかったのでしょうか」

「わたしの首を進上すれば、まるくおさまるだけだが。まだこの首を進ぜるには腹がきまっていない。だからいよいよ大ごとになっていく」

「気をもんでいても、茶々、この子がそばにいてくれるので、気分が和らぐのはうれしいことです」

「一期一会ということばはこのような時に使うのだな。よかった息災にいてくれて」

「すでにお呼びの者が控えておられる様子、このひと時うれしゅうございました」

「ちゃんと茶々を抱き上げてから城にまいろう」

さりげなく摘み取った女郎花が床の間に活けてある。それを目にとめて、

(はや立秋なのだな)

月日の早い移ろいを長政は身を以って知らされるのだった。

ほっとした気分もつかの間、長政には次から次へと試練がまち受けている。

朝倉義景に来援を要請していたが、ようやく八千の軍勢が六月二十四日にやってきた。大将は朝倉景健《かげたけ》、同名衆では景鏡に次ぐ位置にあった。だが義景本人ではなく、まず家臣に任せたやりかたがとられた。これは朝倉方の出兵の慣わしに則ったもので、それに陣頭指揮も大将の裁量に委ねられていた。景健は小谷城を通り一里ほど南東にある大依山《おおよりやま》の丘陵に陣をおいた。

「この奥に浅井殿の館がございます。到着したと触れに参らせましょうか?」すでに闇の閉ざされた山を臨みながら物頭がたずねた。

「よいわ。ぐずぐずしておっては、夜が更けてしまう。進むのだ」

「さようですか」また腑に落ちない面容にいらだつように、

「それでよい。のちに向こうから挨拶があってしかるべきだ」と、景健はとりあわない。

朝倉方は浅井家をいまだに家来筋あつかいしている。亮政時代に着せた恩義に基づいてい

て、いまだに与力してやるという不遜な態度が景健の立場にも出ている。

朝倉軍が小谷山の裾を通る時も景健は顔を左に向けることなく平然と通り過ぎていった。

朝倉方が大依山に着陣することに決めたのにはそれなりの理由があった。

小谷山と、龍ヶ鼻の織田陣地が見通せるところをあえて選んだのだ。浅井長政としては小谷山の前方、虎御前山に陣を構えるに違いがないと踏んでいた。どこがよいかと問われれば、そう答えるつもりでいた。しかし思いもよらぬ山を選んだことと、事前にことばがけがなかったたことは、ある面で不愉快な気持と不安をつのらせた。しかも小谷山を二里、向こうに見通せるところに陣をおいたので、そこからは頂上を登りつめなくては横山を望むことができない。浅井方の城を護持するというそのことを踏まえたためだった。とはいえ、今何をやるべきか自ずと知れたことだが、織田勢に立ち向かうという意気は弱い。

この大依山といえば、頂上を境に両側に延びた稜線が続く山だ。

六月の末といえば暮れなずむ夏の空ではあったが、しっかりと夜のとばりにつつまれていたから松明が要った。その夜は浅井方としても静かに夜の更けるのを待っているようなゆとりはなかった。長政はまず先陣として軍勢を大依山に進めさせた。軍を本格的に出したのは今回が初めてであり、やむにやまれぬ思いの出陣だった。警戒していた織田信長におびき出されたという見方ができるからだ。

景健の陣地からでは、織田方の動向を探ることはできないので、長政軍は龍ヶ鼻の動きを監視できるところにまず陣を進めた。

浅井方が城を出て、先陣を龍ヶ鼻を窺うことができる大依山の東の先端に前線基地をおいたことで、織田側はざわついてきた。

（いよいよ備前守は腹を決めたな、越前勢の与力をえて欣喜雀躍したな）

信長は陣羽織を脱ぎ、檜扇で風を襟首に当てながらいよいよ軍扇を上げる時がきたと判断をくだした。

（ここに至ったからには、日限を切って結着つけてやろう。さっそく使者だ）

信長は縁者として立場を配慮した戦の嚆矢を告げる手順をあえて踏む。

浅井の本陣でもざわついてきた。

「織田勢からの鏑矢《かぶらや》が射られたと。陣容を整えたというのだな」

遠藤直径は大声で身を奮い立たせた。

「機が熟したと見てとったな」

と長政は遠藤の大声に呼応して、言葉を押しだした。そこに浅井同名衆の者が言葉をはさんできた。

「頃合いを探っているのでしょうぞ。軽々なことをいたすと相手側の術中にはまるということとになりやすまいか」と、夜も更けてゆくことから直ちに陣を仕立てることにも冷静な判断を長政に求めて促した。

「朝倉勢が陣を張ったのを察知いたしたのは明らか。双方で陣立てを整える間がいる。朝倉方の大将とのやり取りがまだできておらぬゆえ直ちに矢合わせすることはできぬ」

それに長政は、朝倉景健の動向が鈍いのが何ともきがかりで歯がゆくてしかたがない。それに、長政の癖がでた。きっぱりと決心できないのと腹を括ることにもたつく。

重臣の中でも秀でている勇将の遠藤直径の歯に衣着せぬ発言には、長政も一目置いているが、この時も、しゃしゃり出てきた。自分の顔の前でてのひらをふって、納得がいかない素振りをした。

「殿が申されるように、朝倉勢と急いで談判して、明け方を待たずに夜さりのうちに下山すべし。機先を制することが戦の常道というもの。それに敵の主を奇策により討ち果たせば、それで戦は不発に終わったのも同然だ。むざむざと長引かせては始末がわるい」

胸中では、これでどうだと言わんばかりに長政に視線を向けた。長政は、遠藤を見かえすことなく、

「然もありなん」と彼の意見に力強く答えた。

「殿、これでよろしいのでござるな」

遠藤直経は図に乗って念をおした。

月夜に提灯という言い回しがあるが、今は月夜であるが満月ではない。山を下りるには足元を照らす松明が要る。松明はひかえたが対山から見破られた。浅井方が早朝に合戦を仕掛けてくると織田信長は踏んだ。徳川家康も援軍を仕立てて、横山の裾に陣を構えているので、軍勢は手薄ではないが、浅井方が、こちらの矢合わせの通告にいち早く応じてきたのは意外だった。信長は軍議を急遽開くことにした。その席に集められた武将は、坂井政尚《まさひさ》、池田恒《つね》興《おき》、市橋長利それに織田信長の軍門に下った堀秀村、樋口直房だけで、美濃三人衆、木下秀吉、柴田勝家はよばれていない。矢合わせに応じろと言ったものの、まだ信長らしからぬ戸惑いを感じていた。生えぬきの旗本に戦について彼らの思いを聞き取っていた。

徳川家康は五千の軍勢で六月二十七日早朝に信長のいる龍ヶ鼻についた。表向きは信長の要請になっているが、徳川家康を動かしたのは、足利義昭将軍の「為浅井長政退治」という通達があったからだった。将軍の命であれば仕方がないという思いがあった。その通達を出したものの義昭の心変わりがすでに生じていて、それが独り歩きしていたきらいがある。

「軍議により、美濃三人衆方に先手を打つと決められたようでござるが、我が方がそれを務めるのが筋道だと存じます。先陣をぜひつとめさせていただくよう要請いたしたい。わざわざ、近江の地に足を運んだ甲斐がない」

そのように息巻くのにもそれなりの誇負があるからだ。そのころの家康は、今川勢を排除して、大井川以西の遠江一円を領有した。元亀元年に入ると、居城を岡崎から浜松に移し東をうかがうという破竹の勢いの時期だった。一方美濃三人衆などは、当然のこととして、先陣の任を指名されるものと戦意を高揚させていたから、横やりを入れられた格好で釈然としない。

「将軍の命に預かれたのは、なんかの縁と受け取っているがそれが削がれるようでは、徳川方としては軍を引かせていただきたい」と、いつになく徳川家康は抗弁する。

(義昭殿に真に義理立てしようとしているな。それでよい。先陣をかつがせよう)

「三人衆、先陣の準備は徳川方に譲られよ」

大声をいきなり張り上げて、信長は指示を出した。

そのような決着をよしとして徳川家康は、織田の陣地から離れた岡山の小高い丘に移った。

そこには大杉の老樹がひときわそびえていて、その根元に祠がある。

(なんとな、幸先がよいぞ)と、篤信家の家康はさっそく杉の巨樹を仰ぎ、戦勝祈願をした。

(好適地に陣を構えることができたぞ)

家康はご満悦で戦に構えた。

合戦の結末

夜が明けた頃には姉川まで浅井、朝倉勢は駒を進めていた。朝靄がたなびく川を隔てて織田勢、徳川勢も陣容を揃えて、競り合った。

朝倉景健は一早く浅井勢とは離れ、三田村城周辺に陣を移した。浅井長政は野村にとどまり織田勢の動向を注視して見守っていた。徳川家康ははやばやと岡山の地に陣を構えて織田勢とは距離を置いた。織田信長は龍ヶ鼻から少し下がった見透しのきくところに陣営した。両陣営が布陣を終え、おもむろに対峙した時刻は卯刻（午前六時ごろ）で六月二十八日頃は、日の出も早く陽も上ってかなり経つ。いわゆる睨み合いが続いた。どちらが火筒から火を噴かせるか満を持していた。

そもそも決戦に挑むがどうかと使者を立てたのは信長側だったから、火ぶたは切るのは自ずと織田の先陣からだが逡巡していた。信長は怖気づいているはずもないが、平生の心境ではなかった。一戦をまじえれば誰も命の保証はない。そのことではない。長政のもとに嫁がせたお市の行く末が漠としているだけで、不憫という殊勝な心がはたらいていたからだ。

〝いざというときは、おまえも一肌脱いでほしい〟とだけ、はなむけの言葉としたのだった。その意味するところを詳らかにいい含めることはしていなかった。しかし、朝倉義景の越前攻めのときに想像だにしなかった長政が反旗を翻したのだ。その暴挙としか受け取れない挙に出ようとした時、お市はどうしていたのか。というのも一肌脱いでなぜ押しとどめてくれなかったのかが悔やまれてしかたがないのだ。刻々と時を刻み、ついには火縄が燃え尽き新たにしつらえる羽目になる。

信長は床几に座して腕組みして瞑目している。浅井軍には信長の馬廻衆の近臣が対し、その東に美濃三人衆が控えている。その一人、氏家卜全は、血の気が多く焦らされるのは好まない。槍を宙で振り回しては暇を持て余している。

「殿、端緒はいつでござる」と、雑兵をかき分けて、わざわざ信長のところまで駆け寄ってくる。

「陣を空けてはならぬ。まだ待たれよ」と腕を組み直して、信長は思案に暮れているのを見破られるのを厭うかのようだ。

なんといっても美濃三人衆は信長の気心が通じている心丈夫な面々だ。だが、今の言葉は他人行儀だ。美濃三人衆にも言えぬ思いを抱えて、信長は一人悩んでいた。

「時を得るという言い伝えが有るじゃないか。時機を見定めてうまく利用するということだ」

「なにも恐れる相手ではございますまい。端緒が開かれれば越前勢など、ほうほうの体で引き下がるのが明らか。どうか機を失しないようにお頼み申す」といって、埒が明かぬと感じて引き下がった。信長は美濃三人衆を頼りにしているので、口幅ったいことを言われても、

（そのようなことは充分承知しておるわ）

そのように、目くじらを立てずに、そうかそうかと頷いているだけだ。またもや先陣の栄に浴することなく、徳川家康に代えさせられたことが、美濃三人衆のいらだちの根底にある。

家康は朝倉勢に、長政勢には信長の近臣の馬廻りが当たる手筈が取られていたが、ようやく陣太鼓が打ち鳴らされたのが、巳刻（午前十時）とかなり時を経てから、ようやく両者が睨み合いを断つ時が来た。

それと同じくして
（おまえとも今生の別れと思ってくれ）

「それでよいな」と長政は虚空に向かって思い諭すようにことばを絞り出した。

まず信長側から轟音と共に先鋒の尾張楽伝城主の坂井政尚《まさひさ》隊の火縄銃がいっせいに火を噴いた。

これに躍り出たのが、佐和山城主の磯野員昌《かずまさ》隊であった。磯野隊は応戦しつつも姉川を渡

りじわりじわりと陣地を進め、信長の本陣龍ヶ鼻に肉薄する勢いを示した。その主力陣はなかでも地領主の今井、磯野の配下の土豪の井戸村、島、岩脇《いおぎ》の面々で戦意を鼓舞し続け奮闘が著しかった。後方で戦況を見守る浅井久政、長政はその勢いを得たとばかりに軍配を上げる。

「よいぞ、その勢いだ。ひるむな！」と、声をからしながら叫ぶ。

そのいつになく戦場で武将としての風格をとりもどした父親の姿に自分にも檄を飛ばされた思いになり長政は、磯野隊の後に続く同名衆の浅井正澄隊に対して、

「銃を多用せ！」と伝令を発した。

「でも、図に乗るはいかんぞ」久政は磯野隊が浮足立っているとみた。

「そのところは巧者ゆえ心得ておろう」と、心配ないと長政は請け合わない。

(信長隊が後退し白旗をあげ、和睦を求めてくるかもしれぬぞ）長政はお市を面前に思い浮かべてそのように思った。そんな悠長な時は戦場にあっては作れるものではない。勢いづいているから慢心がそれをさせるのだろうか。信長の作戦はしたたかさに長けていた。東側に控えと布陣させていた美濃三人衆に号令が放たれた。ようやく出番到来と勇躍して、雪崩を起こす勢いで浅井軍の後方の左側を衝いた。これを浅井軍は想定していなかった。にわかに雲行きが怪しくなった。

この美濃勢の鬨の声が天にとどくほどであった。

浅井勢は慌てふためいた。

一方徳川勢は相手方の戦意があがっていないと朝倉勢の態様をしっかりと見定めていた。美濃三人衆が俄然勢いを増して浅井勢を追い立て、かき回す戦法に出たのを察知するやいなや、こちらも虚に乗ずるように後方に構えていた榊原康政隊に朝倉隊の右側を急襲させた。これではもともと傍観の立場にあった朝倉隊はひとたまりもない。後退を余儀なくされる羽目になった。しかし、そんな隊のなかにも猛将はいるものだ。おめおめと退陣することはできぬと真柄《まがら》十郎左衛門直隆と弟の直澄が踏みとどまった。手に大太刀をかざしてから振りかかった。その刃に討たれる者おびただしかったが、根が尽きかけたころを見計らって徳川家康の部下、匂坂《さぎさか》式部等が鎌槍を突き出して馬上から引き落とした。

「やい！　わずか四人で我に向かうとは見上げたものだ」

と高慢の捨てぜりふを吐いたのちに、

「あっぱれなことよ。さあ、我の首をかきとり武門の誉れにせよ！」と叫んだ。

この真柄兄弟の討ち死にをみて、朝倉景健は轡《くつわ》を返して兵をいち早く引いてしまった。

浅井長政軍の先鋒を保持していた磯野員昌は、戦いがすでに尽きたと逃げ足早く去っていく朝倉勢の有様を見て、佐和山城が大いに気になりだした。手勢を集め敵前突破をかろうじて果たし自城に戻っていく。

浅井勢がひるむと、久政は殲滅の憂き目にあうかもしれぬと悟り、長政に小谷に引くべきだと叫んだ。長政は不本意と感じつつも、自分の足も踵を返していた。そのありさまをつぶさに見ながら、ここで一か八かの大勝負にでた遠藤直経は、（ここに至ってはかねてから念頭にかたづけていたその策謀を打ってやろう）と、味方の討ち死にした首を一つ引き下げ信長の本陣へと紛れ込んでいく。信長のいどころを突き止め忍びよった。織田軍も浅井軍の敗走を追い立てる最中で混雑していた。

「御大将はどこにおわしますぞ」と味方の首を掲げながら問いまわる。

「このしるし（首）は横山城に籠城しておった三田村左衛門のものでございます。御実検願いたく存じまする」と信長方の武将になりきってはばからない。その首は味方の討ち死にした者のもので、三田村のものではない。いかにも肝の据わった御仁だ。

だが、その芝居はそこで終わった。声と顔つきそれに不自然な挙動から見破ったのが竹中重治で弟の重矩《しげのり》がやにわに飛び掛かり、組み伏せた。あっけない遠藤直経の末路であった。

織田勢は敗走する浅井勢の深追いをしなかった。もはや浅井勢の息の根を止めたのも同然と読んだからであった。

長政らはほうほうの体で小谷城にかえった。休む間もなく、防備の体制をとるために、無疵で戻ったものの確認を始めた。

「おお痛ましくも犠牲になってくれた面々の成仏を願うばかり」と、長政は主だった武将の名が報告されると、沈鬱な面持ちで手を擦り合わせた。その名のなかには同族の浅井雅楽助、今村掃部助《かもんのすけ》、狩野次郎左衛門、三郎兵衛、細江左馬助、弓削六郎左衛門と長政の直臣が名を連ねていた。

「我らはこれらの討ち死にした吾人の死に何としても報いなければならないと、みな肝にしかと命じよ」と、改めて長政は眉を吊り上げ眼光を鋭く言い放った。その場に首を垂れ、肩をおとして憔悴しきった顔で帰城した家臣がいた。安養寺氏種《うじたね》だった。遠藤直経が意気盛んに信長の首を取ると豪語してやまない興奮状態にあるのを諫めにかかっているうちに敵方の者に取り囲まれつかまり、信長の前に引きずられていった。

「早く首を刎ねていただきたい」と首を前につきだすと、

「ちょうどよい。殿、この武将の名を問うてみようではございませんか」竹中重矩はつい今討ち取った首を示していった。

「どうだ。この武者の名を聞くがどうか」と、竹中は安養寺を試しにかかった。

「遠藤喜右衛門尉でござると」と偽名を使わず答えた。

「さようか」

と言っただけであったが、竹中は遠藤を知っていたから、この武将は素直であるので利用できると読みとっていた。

そこで信長の前で浅井方の打ち取った首級《しるし》を並べ順に名前を問うていった。

信長は子細に安養寺の挙動をみていたが、

「拙者がもっとも知りたいことは城兵がいかほどいるか。我らの拙者側の者になったつもりでこたえよ」

だが安養寺は答えず、かしこまって低頭している。

「どうだ、教えてくれれば赦免の方途もある」

安養寺とはいえはっきりと小谷城にいる城兵の人数など知りえないが、

（いずれ首を刎ねられる身ならば、向後の浅井方に有利になる証言をしておこう。これが己の最後の務めだ）と自分に言い聞かせた。

「承知いたしました。知りうる限りのことを申し上げます」と応諾した。安養寺が信長に知らせた小谷城の城兵の状況は、合戦時城番の任についていた長政の母の実家井口越前守の臣五百、久政下野守のとり巻き配下一千、それに合戦時に賤ケ岳砦を守備している西野太郎左衛門、千田采女の手勢三百などが小谷城に戻ったように偽り、その上、

「まだ陣容はもっとふくらんでいると存じます」と出まかせを伝えた。

「なるほど、余力を蓄えているようだな」

信長は安養寺の証言を鵜のみにした。

それを聞いていた木下秀吉は、いらだちをおぼえ信長にたて突く。

「潮時というものがございます。殿と徳川殿の軍勢であれば、難なく片づけられるはず。かくなる上は、一気に攻め落とすのが常道と思料いたすしだい」

(ここはしばらく浅井長政の今の心中を慮って、出方を見た方が得策におもえる)

「そなたの考えは正論だが、時と場合によっては、それも災いの引き金になることもある」

ゆったり落ち着いた柔和な顔をにわかにつくり、秀吉の進言をとりいれなかった。信長は、
小谷城の支城、横山、佐和山の城をせめ落とせば、浅井方も本性を露わにするに違いないと、先を読んでいた。

「のう、安養寺よ、ここでお役御免と首に刀を向けることは今の我にはできない。そなたは城に戻り、これからの小谷の難局に心して対すればそれで武将の本望は遂げることが出来るはず。直ちに帰れ」

信長はいつになく長口上で諭した。

小谷城に帰った安養寺は質問攻めにあった。

「相手の軍門にくだったのか」

「滅相もございません」

詰問を浴びせられたと感じて即座に打ち消しにかかった。そこで安養寺は信長とのやり取りを詳しく報告した。

「信長方の真意が獏として掴めないのが何とも歯がゆいかぎりだ」

「なぜ我の首を刎ねなかったかわかりませぬ」

「いまさら聞くことなど出来ないであろう、ありがたいと思うだけでよいではないか。して遠藤喜右衛門の姿が見当たらないが、どうしたか知らぬか」

「単独で敵陣に入るのは無謀と我は押しとどめたのでございますが」

「敵陣に留まっていたというのか」

「さようでございます。〝いまある命はなかったものと思えばいかなることも臆せずやることは可能〟と我の制止に応じようとはなされず、むざむざと首をとられたのです」

「喜右衛門の臣、富田才八、弓削六郎左衛門、今村掃部助も共にやられたのだな」

「何とも惜しい仲間を失い痛恨の極み。それにもかかわらず、おめおめと命を長らえておるしまつ」

安養寺は、のどを詰まらせる。

「これもそなたのもって生まれた運というもの、幸せ者じゃ」と、長政は、気落ちした安養寺を励ますことを忘れなかった。

長政は城に戻ってもまだお市の顔をみていない。お市に無性に会いたい。しかし、ままならぬが武士の世界。まだ合戦がつづいている。

横山城が再び包囲された。喉首を押さえられたのも同然。長政は手を拱いているばかりだ。軍勢を繰り出すことなど考えも及ばない。大野木土佐守茂俊は命だけ助けてもらえれば開城はする旨の申し出をして、三田村左衛門国定、野村肥後守直隆は小谷城にもどった。

信長窮地！　志賀の陣

七月に入ると琵琶湖では河口に鯉に似たハスが寄ってくる。その魚は塩焼きにするとおいしい。浅井家はそれで酒席を設け主だった家臣と交歓を図っていた。だが、今年はそれもままならない。戦のあとまだそのような気分には到底なれない。長政は、お市もたすき掛けをして中庭でかいがいしく立ち振る舞っていたのを思い浮かべている。ため息はほどほどにと思いつつもふとついて出てしまう。お市と互いの心根を出し合うときがほしいと本音が頭をもたげてしまう。その前に合戦の後始末をしておくことがまだ残っている。明日にも、織田勢が総攻撃をしかけてくるかもしれぬ。気を緩めるどころではない。寄り集められた評定会の面々も言葉を全く失ったように口を堅く結んでいる。腕組みをして目を閉じた格好の者が幾人もいる。まだ胸の動悸が収まっていない。

「殿御をはじめ、おのおの方、ご奮闘なによりもありがたく存じております。我は、留守居として在城の任に当たっておりましたが、何とも時間が長く、しかもよからぬ思いが次から次へと沸き起こり、生きた心地がしなかったが、殿御のお顔を見届けるとやにわに胸がすいたのでござった。だが、弓矢にたおれた諸兵の後生をねがうばかり」

長々と、井口越前守教元は前置きをしたのち、

「向後の我らの動きは殿御の御意思に忠実にしたがうべきと心得ておりまする」と、締め括った。

「在番ご苦労であった。城を護れたのもそなたらの任の全うのおかげ。いまはひといきついたところ、織田勢はこちらの出方をうかがっているはず。隙をみせるといっきに攻め込んでくる。防備に努めねばならない。わたしの考えでは、横山城を狙ったように今度は、佐和山を奪う算段であろう。いかように佐和山を固守するかが喫緊の課題だ。どうだな」

「それにしても、いま織田勢の後詰めで佐和山を救援することは、考えなければならぬことが多くある」

そう発言した、垣見助左衛門は遠回しに忠告を与えた。

「そこだ。そこなのだ」

長政は支城の存亡に苦慮していることを示した。

長政の頼りにしている重臣の一人、赤尾美作守清綱は、お市の立場を思いやりいかに浅井方として処するか進言をまずしたかったが、俎上に上がっている佐和山城の存亡の話題に加

わった。

「むずかしい。磯野丹波守は喉から手をだしたいくらい援軍を渇望していよう。かくまで要所を相手方に抑えられては身動きがとれない。だが…」と言いかけたところで、長政は、

「もうしばらく我慢してもらうことしか考えがでてこない」と、浅井方の苦しい胸の内をさらけだした格好になった。

「相手に不意打ちをくらわす機をうかがうのだ。いつか活路を見いだせるはず。いまはがまん」久政は視線を天井に向けてゆっくりと諭した。

「それにお市殿の事でござるが、立場上、苦悩されておられようが、いかようにお守りするかも我ら家臣の重要な責務でござろう」

「ありがたいことば。上総介の思惑通りに身を処してやるのが本来の務めであるが、妻は必ずしもそのような思いではなく、今は小谷の方としてわたしのよき伴侶でいてくれている」

「そりゃ、殿御の人柄によるところが大きいと存じます。だからなおさらにお支えを我ら一丸となって全うせねばなりませぬ」

「そのことだが、長政の姉も心を痛めていてくれる」

この長政の姉とはすでに述べているが、実宰庵昌安見久尼といって長政と異腹の姉で若くして仏門に入り、この庵を再興した人物である。この見久尼の庵が後に出てくる、落城前に

お市と三姉妹が城から逃れ身を隠していた所である。

史実では残っていない当時の風聞がめんめんと地元では口伝えされてきた。


このように戦の余波がまだ色濃く残っているとき、この姉川合戦で織山方と浅井方がぶつかり、その雌雄を決するのにどちらにも高々と軍配があがらなかったことで意気消沈気味とみた織田勢を、今こそ叩きのめす時機到来と再び立ち上がったのが三好三人衆であった。当時は現代のような情報網がない時代であったので、情勢判断が十分になされなかったきらいがある。

三好三人衆が起ったとの報は無論小谷城には、いち早く伝えられた。それと同時に信長は度肝を抜かれた。

(なにゆえ今になって盾突くのか、今に吠え面をかくぞ)と疑心がつのる。

「畿内は不穏な動きが渦巻いておるようです」

「河内守(不破光治)よ、不穏な動きとは公方様が背を向けたということか」

「そうではございません。越前と石山本願寺とが密かに手を結び、三好三人衆とも結託いたそうとしているようです。さすれば最も手ごわい敵をつくることになりますこと必定でございます」

「さようなことであれば、速やかに芽を摘んでやろう。わかったか。急げ、出立の用意を指示せよ」信長は不気味な思いをいだきつつ、唸るように檄を飛ばした。まだ合戦後二ヶ月も経っていない八月二十日のことだった。

これより先、浅井長政のもとに朝倉義景から使者が遣わされた。信長を包囲網でがんじがらめにして成敗する算段をもちかけてきたのだ。これには浅井方の長政だけでなく父親の久政も身震いさせるほど驚いた。

お市との睦まやかな夫婦でありたいと望むが、なかなかその時が巡ってこない。ひと時の心慰めをたぐりよせたときの対話である。

「さぞかし戦の熾烈さがこのお山からもうかがえ、煙硝の黒煙が天を覆っておりました。生きた心地がしなかったのです。私の命もこれまでかと、あなた様の命と同様尽き果てるものと覚悟をきめていました」と久しぶりに会ったお市は、長政の胸に抱かれるようにすり寄って大粒の涙を流した。

「かくなる上は、我としても覚悟をしなければならない」

「なんという因縁の巡りあわせでありましょうか。身内で刃を突き合わすこと、これほどつらく、切ないことはありません」

まだ涙はとめどもなく頬を伝っている。

「これもわたし一存で我が端緒を開いたのだ。罪深いことと言われれば無下に抗弁もできぬ。許してくれ。そなたの心が疼くのは痛いほどわかる。だが武将としても信念だけは失いたくない」

「あなた様を攻め立てているのではございません。だから覚悟を決めたのです。武将の妻として」

「今度だけではないが、そなたのひたむきな心の持ち方、それにいままで幾度救われた気持になったことか」

長政はお市の両手を握った。

「この戦の決着どちらかが白旗を掲げるまで延々と続くようですね。また、戦をしかけるとの宣告があったとのことをお聞きして、また暗雲が立ちこめました」

このことは、朝倉方から再度蜂起を促してきたことに対しての思いを述べたものだ。

「もうよいとわたしも考えていたところだ。ここに至っては、わたしが自分で決着をつけねばなるまい。腹を括るということでござる」

「このまま、清廉で道理に適った衆目の一致するお考えだけは、無駄にされてはなりません。それこそ殿御の真骨頂ですから」

信長の天下布武という裏にある、壮大な我執にとらわれた野望には与することが出来なくて信長にたてついたことを指している。

「この合戦で成敗を免れた上は、再度わたしの方から挑むことはせずに、和睦の途を探りたいと考えている。このことは、いますでにそなたが述べたように穏便な解決の糸口を探りたい思いと一致する」

「殿御を再び先頭にかざして打倒に突き進むような皆々方の気配に心が痛みます」

「そなたの存在はいずれにしても大きい。それは双方でも同じ思いであろう」

「わたくしなどの存在は、男同士の沽券にかかわる諍いに出る幕ではないものでございます。わたくしと殿御の考えがいかにもぴったりと引っ付いた感じがしますゆえ、わたくしから申し上げたいのは、朝倉義景殿のその後のお考えを拝聴することで糸口が探れるかもしれないということ」

「そこだ、我も考えていたところだ。こちらからも使者を出して十分に向こう方の思いを知ることが、まずやらなくてはならないことだ」

「さっそくになさってください」

このように長政は再度の対決をよしとせず、和睦することに一縷の望みを抱いていた。だが、朝倉方は意気盛んに長政の使者に熱弁をふるって、浅井方の考えなどに聞く耳を持たず、巧言を用いて自分らの主張をおし通して帰らせてしまったのだ。確かに朝倉義景も石山本願寺の顕如上人にいい含められたきらいがあった。朝倉方と加賀一向一揆は長年対立の関係にあったが、姻戚関係を結ぶ約束を取り付け、今度はその加賀一向一揆も加わらせて近江の湖北一向一揆などの団結力を武威として信長と対することに舵を取った。

そのうえまだ力を温存していた六角承禎にも三好三人衆が決起を促し、かつ比叡山もこの包囲網に加わるという雲行きになってきたが、めいめいの思惑がいりみだれている。

そんな折、また越前につづいて、本願寺顕如から出された書状をみて、

「なんと有無を言わさない文言であることよ、入魂あるべき事とは、言うとおりにせよということか」

長政は手がふるえている。久政は長政からうけとると、直ぐにそれに目をとおした。

「越前と組んだな。我らを手足にして鬱憤を晴らすつもりに違いない」

(まだ天下を取る野望を捨てていないようだ、義景らしいな。本願寺は信長の矢銭の賦課に堪忍袋の緒を切らしたということだ) そのように長政は見てとった。

「お前が言うように和睦して浅井家の安泰を望むというのはもはやできまい。腰くだけとみなされるのが落ちだ」

「わたしが矢を信長殿に放ったからには、本願寺など諸侯からは、先鋒に立つのは当然とみなされている。先頭で立ち向かえば上総介は今まさに人質に取られたとみなしている妻をな

んとしても奪い返そうと執念を燃やすのは、確かにまつわりついた糸口を見いだせずあたふたしているのと似ています」

「なんだ、嫁のことか。お市には刃をそう簡単に向けまい。想定で話などしても始まらぬ」

「わかっております。今は成り行きを大局的に判断することだと思います」

「すでに矢が放たれているのだ。後戻りなどよほどのことがない限りできぬ。やり抜くことだけだ」

信長方との再戦の可能性が刻々と増しているなか、久政は行く末を考えあぐねている長政を励ますのをおこたらなかった。親子の情愛がにじみ出ている。


再度、浅井長政が信長に敵対した本意と他の敵対者との違いをみておこう。まず三好三人衆、六角承禎は信長から邪魔もの扱いされた怨念がぶり返したのに対して朝倉義景は信長に代わって天下取りをひそかに窺うというもの。また、本願寺の顕如は信長の圧政、特に重税に怒り心頭に発し、また比叡山は凋落の極みにあった。信長の上洛で息の吹き返しをもくろんだが、反して、次々と山門領は取り上げられ、とどのつまりは、「信長仏敵」とみなし力による抵抗を辞さない構えを見せるなど、それぞれの思惑はまとまりがなかった。本願寺顕如が動きだすと、

（仕かけたな。本願寺これは油断できないぞ。なんの人が束になって手向かっても銃器で迎え撃ってやるばかりだ）

信長は、九月十二日、本願寺で釣鐘が烈しく連打されたと聞いて、真顔でうそぶいた。顕如を決断させたのは、長政のひざ元、湖北は真宗門徒の信仰心が特に篤いということで、その志に一向一揆が応えてくれる素地が充分にあると考えたからだ。

この湖北の一向一揆の母体は十ヵ寺であり、「江州中郡門徒」あてに顕如から檄が飛ばされた。

これに呼応して寺々の門前には、黒々と「仏敵」という文字が記された蓆《むしろ》旗が林立した。

小谷城の赤尾屋敷に配下の垣見助左衛門が檄文の写しを懐からおもむろに取り出し赤尾清綱にみせた。

「門主は武門を牛耳るお方であらせられるな」と率直な思いをのべた。

この檄文に清綱はいちおう目を通し、「去年々以来、懸難題申付」「可破却由、慥告来」という信長の無法な仕打ちに対して、「若無沙汰輩者、長不可為門徒」と闘わない門徒は永久に破門に処するという厳しい顕如の考えを読みとっていた。

「評定会であったように、越前方が今度は軽々と腰を上げ、わが殿にこれも檄を飛ばしてきた。いよいよ騒然としてきた」

「まだ痛めたけがの傷も十分に塞がらないのに（姉川合戦のこと）殿の立場に立ってかんがえますと肝が疼いて仕方がない。孤独感を味わっておられることであろう」

垣見は前途多難を早くもよみ取っていた。赤尾としては言葉に出さなかったが、深い溜息を吐いた。

この檄文を見た長政は、自分の力ではどうにもならぬ勢いがうねりとなって迫ってきていることを実感した。

「まことか、驕りが端々にみえるが、信長の政略に抗する気構えをあらわにしたからには、並々ならぬ覚悟のうえだろう」

「いかがなさるお考えでしょうか、いや対岸の火事のようなことを申して……」

「兜を脱ぐのが賢明とみる向きもあろうが、情勢はそうはさせまいな」

「殿は独断をなさらず、我らものどもの意見をくみ入れてのご判断をなされますが、私も荷が重い役目を仰せつかることになりそうだと懸念いたします」

赤尾清綱は苦み走った顔になった。

「煮え切らない気持ちをひきずっていると思われるが」

と、気が置けない家臣ゆえその心情を垣間見せた。

例のとおり長政は重臣を集めた。

集まった面々は、横山城を明け渡した野村直隆、三田村国定、大野木茂俊が、末席に山崎秀家等合戦で一陣に就いた三人が上座に、ほかに山本城主の阿閉《あつじ》淡路守貞征《さだゆき》、浅見対馬守だった。一同は長政の説明に対して意見を出すよう促されたが、ただ張り詰めた空気に押しつぶされたように野村ら三人は首を深く垂れて身動き一つしない。もちろん赤尾清綱も列席していたが、自分から意見を述べようとはしなかった。

（なぜか空気が淀んでいるじゃないか。浅井方はいまだこのように健在であるのに。織田に敗れたのではないぞ。それ磯野丹波守がおいでだったら、がらっと周りの気分も明るかっただろうに）

このように思い焦がれているのが、長政のもとで自城、西阿閉城主から山本山城主になった阿閉貞征であった。

「磯野丹波守なら織田憎しと、いきまいたことだろう。殿、今こそ、織田を討つ絶好の機をつかんだといえましょう。どうか」と言い終わらないうちに、尾上城主の浅見対馬守は、うわずった声で、

「拙者も同意見でございまする。どうか殿、ご決断を」と、せっつく。

「いまこそ慎重に事を運ばねばと、殿は熟思熟考されていると存ずる。軽々に事を運ぶことは禁物」

と赤尾清綱は重い口を開いた。

「言葉を返すようだが、軽々とはなにごとだ。こちらとて、情勢判断くらいする頭をもっている」

「まあ、まあ、意見の出し合いは結構でござるが、今話の出た佐和山城に籠城している磯野丹波守をほったらかしにしておくことはできない。まだ合戦は続いている」

「殿、了解もなく佐和山に駆けこんだ丹波守は誤算をしでかしたのではないかと考えますが」

浅見対馬守は、ひるむことなく口幅ったいことを言う。

「いましばらく考えさせて欲しい。すでに矢が放たれたことは確かである」

同席していた久政は、おもむろに口を開いた。

「いま佐和山は固い包囲網にあっている。いま救援に出陣すれば向こうの思う壺にはまること必定。丹波守には今ひとたび辛抱ねがうしかない。越前方および顕如殿の熱い思いをしっかりと我らとしても受けとめ、おろそかにしてはならぬことは十分に承知している。なあ備前守よ」

もはや後には引けぬ立場にあると、久政も判断している。

思いが定まらなくとも情勢はうつっていく。

三好三人衆は、息の根を止められていなかったため、またもや息を吹き返したのは、本願寺の顕如が「仏敵信長」を旗じるしに掲げ、一向一揆を煽ったことから刺激を受けた。三好三人衆は大坂近辺に陣を構えた。これに抗しているのを見て信長が新たな相手にてこずっていると、朝倉義景はここが好機とみて浅井勢に挙兵を強いてきた。退路を断たれたと、長政が武門の命運を賭して、出陣を決意したのは九月十二日だった。

浅井勢は八千余、朝倉勢は二万余合わせて三万を数えた。だが意気込みと裏腹にまたもや義景は陣頭指揮をとらずに朝倉景健と山崎吉家に任せた。坂本に陣を引いた朝倉、浅井勢は、信長の臣下の森可成《よしなり》が守備している宇佐山城を幸先よく攻め落とした。その後も両軍は勢いに乗じて京都に入り将軍御所にゆさぶりをかけ、悠々と坂本に帰った。信長は思ってもいなかった窮地に立たされ、青ざめた顔色はさえないままで、急遽、岐阜から坂本に兵を呼び寄せた。そのころ朝倉は、比叡山に上がり、信長伐倒の目論見に賛同する約束を取りつけていた。信長は身動きが鈍くさせられた。ころあいを見て長政は小谷城に帰った。すでに八ヶ月もの籠城を強いられている。城の周囲を張り番させるという念の入れようだ。

織田方も百々《とど》屋敷には砦をつくらせて丹羽長秀を構えさせ、北の弁天山には市橋長利、南の里根山には水野信元、それに西の彦根山に河尻秀隆をそれぞれ布陣させた。信長のしたたかな気構えがわかるというものだ。

磯野員昌は浅井勢が軍を引く際、先陣を担ったにもかかわらず、その判断の場に呼ばれず、一方、磯野員昌の佐和山への退却も長政の指示ではなかった。長政は、佐和山を明け渡すよりも小谷城を死守することが当たり前と考えていたから、員昌の単独行に内心不満を持つようになった。長政は先を読むのを誤った。佐和山城に浅井方の目を向けさして、浅井方をおびき出す信長の方策にまんまとはまってしまった。

（ひとりよがりのことをしでかしてしまって）

この思いが長政には日増しに強くなっていった。

このような時こそ忙中閑ありということだ。

「けさ鶯の声を聴きましたよ。まだ初（次女）みたいにおぼつかない足どりでしたよ」

「そうかい。まだうまく『ホーホケキョ』と鳴いていなかったか」

お市の知らせに、体よく受け答えた。

戦況の厳しい最中にあって憔悴の極みにある夫を少しでも和ませてやりたいという心が働いていた。

「あわただしくせわしく過ごしている我らだが、うららかな陽光がさす季節になったのだな」

「ご心配ごとばかり、すこしやせられましたよ。この辺がすっとして」と右手で自分の頬をさする。

「そなたの見目形を眺めていると気が浮き立ってくる」

「何をにわかにおっしゃるのですか。お疲れになっておられるからですわ」

「そなたがそばにいてくれるとほっとするのは本当のこと」

「そなたという言葉とは、につかわしくありませんことよ。お前とよんでくださればよいのに」

「そうか」

「お前とそれいってみてくだされ」

「わかった。なあ、このように戯れるように二人いや家族で日々を暮らしたいものだが、わたしどもの宿命かもしれぬが、そんな時間はなかなかもてぬものだな」

「わたくしも武将の家で育ったので、同じですもの。それが世の習いというじゃありませんか。いつも周りはざわついていましたわ。それにあれよあれよという間にこの小谷に嫁いできて小谷の方に納まっているじゃありませんか」

自ら淹れてくれたお茶を喫していると、佐和山から密使が来たと告げられた。

磯野員昌万事休す

そこで二人の話はとだえた。いつもならお市は座を外すのだが、居座りつづけた。百姓の姿に身をやつした者が磯野員昌からという文書をさし出した。それによると、兵糧米に玉薬がもう底を尽き、飢え死にせねばならないほどの悲惨な状態にあるので、一刻も猶予せず後巻き（敵の後方から攻める）の救援がなければ、降参するしか生き延びる方策はみつからないと力んだ文字で走り書きしてあった。使者は、目をとおし終えた長政から〝わかった。いまに後巻きを仕立てるから安堵せよ〟

との言葉が返ってくるのを期待し、愁眉を開くことを願っていた。

「いま、後巻きを出せる情勢ではない」

と、長政は、木で鼻を括る返答をした。

「そこのところを、なんとかして、再考を願いまする」

お市は憔悴の極みにあるその使者の願い事にいちいち頷いていたが、その願い状に自分も

目を通して、

「そんなご返事は度が過ぎませぬか、浅井方の同志じゃありませぬか。手を拱いているだけでは能がない話になりませぬか」

「お前が考えるより緊迫度がちがう」

「そうでしょうかしら」

長政は、そのお市のことばに火をつけられたのか、

「できぬことはできぬ。はじめからこうなることはわかっていたはずだ」

もう使者の出る幕ではない。

「丹波守が籠城されたことでしょうか」

「そうだ」

長政のことば遣いはあらい。日がたつごとに、丹波守が小谷城に戻らず、佐和山城に郎党を引き連れ戻ったことは、長政に背反したとみなすようになっていった。

「いまここから兵を後巻きにだせば、佐和山を包囲している軍勢がここぞとばかり、城に攻め込んでくるだろう。このことを伝え、いまひといき耐え忍ぶよう申せよ」

追い返すような冷たい情のない対応をした。

お市は固く唇をかんで、募る不安に堪え兼ねていた。いままでの長政の本性とは違う何か

に無理強いされているのではと、疑っていた。

「大した豪胆の頼れる臣であるが、今の私には、この判断しかできない」

このように、自分に諭すように低い声でつぶやいた。お市はそれ以上言葉をつなげなかった。長政の発言に対してむきになり、自分の思いを押しつけるのを思いとどまった。

使者を帰らせた後、直ぐに磯野からまた嘆願状が届いた。なんとか籠城の者どもを助けてほしい。然もないと、城のあけわたしもありうるという、怒りを込めた懇願だった。だが、長政は意固地なまでにその願いに応じる気配を示さなかった。磯野員昌の配下に、今村、嶋、岩脇、井戸村など在地領主がいて、こぞって佐和山に馳せ参じ磯野に随順していた。もはや、浅井方の行く末のことより、磯野はこれらの者を何とか生き延びさせることが先決と考えるようになった。

織田方としてはこの浅井方の出方につよい注視の目を向けていたが、動いた。

佐和山城を攻城する責めを負っている丹羽長秀は、

「早晩、磯野は弧塁を守ることはできまい。いさぎよく降伏したら双方にとって良い結果になるが」と再三、呼びかけをした。このように穏便な方法を選んだ。

丹羽は温情を秘めた武将だった。

「なんの、ご心配はありがたく受けとっておきまする」

「そっけないご返事、そちの郎党をむざむざと徒死させるほど、薄情な心とは思わぬか、どうかな」

「殿の意向もある、我一人の判断ではできかねるので難儀している」

このように会話が成り立つまでになってきた。

「いま御方では実のところ、ほいほいと〝後巻き〟など出来るとは考えられないではないか」

磯野は言葉をかえせない。

「強情張りは、ほどほどにというもの。我ら包囲陣は、総攻撃をいつふみ切るかとてぐすねしてまっている。そうなれば壮絶な結果がまっている。そうなることは我も避けたい」

「たずね申すが、こちらの言い分も呑んでもらえる余地があるということか」

「それは戦国の武将同志、それなりに矜持というものがある。譲歩もやぶさかではない」

「おぬしが申すように郎党の命を無残にしたくない。小谷に戻すことだが」

「それは一存でのめる。無血開城で両者満足できるではないか。すでにわが殿も異論を申されるはずがない。双方から人質を出し合って誠意を尽くそう、どうかな？」

「その提案に添いたい。何とか早い解決をのぞむばかりだ」

この発言で、長政に報告し内諾を得ずに佐和山城の開け渡しを決めた。

信長は、佐和山城に丹羽長秀を入れた。織田信長はかねてから、この城が欲しくてたまらなかったのだ。ご満悦の程が知れよう。

解き放たれた磯野員昌ら一行は小谷に迎い開城の許しを得ることになった。半年以上の月日がたち湖面を渡ってくる春風がいとも新鮮においしく感じられる。早くも、まんさくが黄色のちぢれた花でいちめんに枝をかざり、新緑が始まったことを知らせるのだが、磯野の心は千々に乱れていた。

小谷城の番所で馬を下り、長政に御目見えを請うた。合戦で先陣をつかさどったにもかかわらず、無残にも門前払いにあってしまった。磯野員昌の配下の今井小法士丸は、

「いかがなさりましたか？」

飛びつくように磯野にかけよった。今井に大筋を聞きとらせながらも呆然と立ち尽くすばかりであった。

「親方に追放という厳しい処断が下されたようでござる」

今井は嶋秀安に開口一番つげた。

「それにしても親方様は合戦後、心変わりをされたようで、納得がいかない。我らも同罪ということだろう？」

「いや、安心しろ。我らは免罪ということだ」

「それにしても、親方はどうして、丹波守にはそのように厳しくあたられるのか」

「あちらに通じたとみておられるのではなかろうか」

「それでは織田方に通じたという親方は濡れ衣を着せられたことになるではないか」

「そりゃ、織田方の者と交渉をして開城をさせられたのだ。そのことが親方様の逆鱗にふれてしまったらしい」

「これから親方はどうなさるつもりでござろうか」

「かいもくわからない」

いく日もたたぬうちに小谷城の清水谷の入り口に屋敷を構えている磯野屋敷で留守居を守っていた磯野員昌の母親は丁野山《ようのやま》に引きずり出されて、無残にも磔の刑に処せられたのだった。

その日の夜、長政はお市を床に入れなかった。なかなか寝付かれずまどろみながら、夢にうなされ続けていた。

(もうこの城は拙者のものだ。どうだ、この顔を見てもわかるだろう。喉から手が出るほどにほしかったのだ)

信長の不遜な面構えに寝汗をかくばかりだった。

磯野員昌を追放して、その母親を磔にしたが、手をこまねいているだけで、佐和山は信長に奪われる宿命にあったのだから、磯野だけに責めを押しつけるのはお門違いだったことがわかればわかるほど、後悔の念にさいなまれた。

「お目覚めになりましたか。ゆうべの寝言はひどく、うなされつづけていましたよ」

「そうだったか、目覚めが悪いはずだ」

「わたくしも仏間でご成仏を祈り続けていましたのよ。長く生きて、むごい死にざまをさせられたご母堂のことを思うと人ごとには思えなくなってしまいます」

「そなた、いや、お前には知らせず隠密にしておけばよかったな」

「むざむざと息子の責任を一手に引き受けさせられるのなら、わたしは舌を噛んで死にますとも、それが本望ですもの」

「苦しい思いをさせて許してくれ。若手に押し切られ、赤尾氏や雨森氏それに海北氏など重臣の意見をむだにしてしまった。采配違いだったかもしれぬ」

「これから諸将の士気を保つことは大変になると思います」

「このままでは我らじり貧に追い込まれ、身の不運をかこつこと必定。外に打って出なくてはならぬ」

「どのようなお考えが」

「横山城を取られ、今度は佐和山をあけわたしたうえに、次は本丸を手放すまでに追い込まれることだけは避けねばならない」

「真剣に考えなくてはならないのは、私という織田方の女が、今ここに殿御の妻として根を張っていることがよいのかどうかを考えることが多くなってきたのです。こころの内を赤裸々に申すのは、これが初めてですが」

「どういうことか、これと城との関係はどのようにつながるというのか」

「美濃の岐阜城に戻り、しずかに霞のかかった伊吹山を遠望して、その裏にある小谷に住まいしていたことを思い返す生活にもどることが、よじれた糸を解くかぎになるとおもえるのですが」

そういいつつもさらさら深刻さはない。長政にお灸をすえたい気持ちから出た言葉だった。

「そのようなことなどさらさら考えないと言い切ってくれていたではないか。本心でさようなことを申しているのか。〝弱り目に祟り目〟とはこのことじゃないかい。妻に去られ肩を落としてしょぼくれさせるのか、何ともやるせない限り」

お市にあやつられていることを知りつつ、長政はうつつのまどろみから、揺り起こされたかのように真顔になって、お市を恨めしそうに眺めた。

「殿御への風当たりが日ごとに増しているのを側にいて肌で感じていますと、そのように縁という無情を考えてしまうのですよ」

「ずっと側にいて、我を勇気凛々にさせてもらいたい。いまの本音とやらを取り消してもらいたい」

と、いたたまれない思いに乱れ、飛びついてお市を自分の胸に抱いた。

「あら、あああ」と艶やかな声を上げて、のけぞる長政にもたれかかった。

「おいおい、おしつぶされそうだよ」長政はやっとの思いでお市の下から逃れた。

「それ勇気凜々とした気を感じましたか」

「よく効くものだ。お前の気はすごいものだ。近く鎌刃城を攻め、横山城を取り返すことから始めるぞ」

「また戦ですか」

「そうだ、この戦は浅井家の命運をかけたものだから」


その時、横山城は大野木茂俊が織田方に明け渡して、いまは木下秀吉が在番しており、この城と、織田方に寝返った堀秀村が守る鎌刃城は小谷城の監視の拠点になっていた。そこで鎌刃城を攻略して、そちらに目を向けさせ、そうはさせまいと横山城から木下秀吉をおびきだしたところで浅井方が一気に横山城を奪いかえすという作戦を立てていた。

浅井方が長い籠城から発起して城を出たのは、元亀二年五月六日のことだった。

浅井一族の浅井井規は五千の兵で鎌刃城をせめるため暗くなってから動いた。そんな手に乗る木下秀吉ではない、敏感に察した。

「なあに、今に度肝をぬいてやるわな。手勢の少ない兵でじゅうぶんだ。よいか、城兵がごまんといるように見せかけよ」

重臣の竹中重治に命じた。

「できるだけ兵を分断するよう願います。城は死守いたしますから」

竹中はそこで足を踏み鳴らして自分を鼓舞させた。

案の定、秀吉は横山城からおびきだされたふりをして、浅井方の不意を衝いた。後方から銃声を響かせて怒涛の勢いで浅井方を追撃したから、予期しなかった浅井勢は士気が乱れてしまい琵琶湖に向かって散り散りに逃げ迷った。なおも追われ浅井勢の兵どもの大半は沖へと押しやられ、深まりに沈んでいった。

信長、比叡山殲滅《せんめつ》

世にいうこの箕浦合戦では、浅井勢と一向一揆勢を湖に追いやり、難なく難事を切り抜けた木下秀吉の機略が功を奏した合戦だった。浅井方の思惑が脆くもくずれた。

「まだ余力を残しておったのだな。それにしても、そなたの機智みごとだった。礼をいう」

岐阜城で秀吉の報告を受けた信長は、盃に酒を注ぎ、わざわざ秀吉に勧めた。秀吉が先ほどから気になっていたのは、信長の遠くを見定める目線だった。畏まって盃を受け取って、ゆっくり喉に流し込んだ。

(何か思いを秘めた顔つきだな。大仕事の策をめぐらせているのだろう)

「まだまだ仰せのとおり浅井方は余力を十分に温存しております」

「羽柴殿よ、そなたと我も同じ思いでいる」

「さようでございますか。妹君を人質に取っているという強みをいだいておるのでしょう」

「あるな、まずやるならば孤立させることだ。そのためには、越前などはものの数ではないが、本願寺、比叡山を分断させなくてはならぬ」いつになく信長は盃をほした。

「ごもっともと存じます」

「まずは近々、山をこらしめる」

「比叡山を、ですと」

「そのとおり。積った胸中のしこり晴らしてやるわな」

「ええっ」

秀吉は意外な言葉を耳にして、話の接ぎ穂を失った。

得体のしれない浮かぬ表情で口をつぐんでいるのを見て、信長は、

（よく我の心の内がしれたことだろう）と秀吉をながめた。

「それまでに横山城に参り、浅井方を怖気さす手立てをたてるつもりだ」

「小谷の前に控えるようにある小高い虎御前山であれば、小谷の模様は手に取るようにわかるのですが」

「いや横山城は地理的に佐和山と同じく要衝の地だ。比叡山は最後に攻撃すればよい」

「まず小谷の周辺で揺さぶりをかけるということでござりますか」秀吉は敢えて問い返した。

「さようだ」

信長は躊躇しない性格で次々と策を執っていく。

織田信長が横山城に入ったのは、元亀二年八月十八日のことであった。二十六日には朝倉方を意識してか、江北の余呉、木之本周辺を放火した。

それからほどなくして九月十二日、比叡山に直行して、その日の陽が沈む頃に待っていたとばかりに、いく手にも別れ、根本中堂を皮切りに点在する堂宇にことごとく火をはなった。完膚なきまでに比叡山を殲滅する作戦は情義の片鱗もない。

この焼き討ちは誰しも思いも及ばなかった。なぜなら、比叡山は王城の鎮護を担っていると崇敬を集めていたからだ。けれど信長は、明智光秀や佐久間信盛等が懸命に諫めたが、

「何を言うか！　山が本願寺と越前、浅井に味方しただけではない。いま僧徒らの退廃、堕落は衆目が目をそむけるばかりじゃないか、鉄槌を受けるのはしかるべきものだ」と、鼻であしらい、聞きうけようとはしなかった。

この悪魔に似た所業におそれおののいたのは、敵対者のなかでも、朝倉義景と顕如であった。特に朝倉はここで秘めていた覇権を握るという望みをあきらめたきらいがある。一方、顕如は泡を食わされたが、したたかに信長とにらみ合いを続けた。

小谷城では織田勢の攻勢に施す術を知らないありさまだった。そのうえ石山本願寺からは思わぬ苦情が寄せられていた。というのは箕浦合戦で水死に追いやられたのは一向一揆衆が大半で戦闘の前線で弾よけにされたという不満が湖北の十ヵ寺の傘下にある一向一揆から上

がったことだった。その苦情と申し立ては赤尾清綱のもとに寄せられた。石山本願寺との連携による強い絆がほころびを見せ始めかけていた。赤尾としても返答のしようがなく、かといって握り潰すこともできず扱いあぐねていた。というのも浅井方の家臣たちももとは京極氏の被官であったことから統制は充分に取れていなかった。一匹狼の集まりに似ていたからだ。赤尾は歯ぎしりしたい心境だった。いま、剛毅の士である磯野員昌さえいてくれたら、浅井勢を奮起させる統率力と手腕をいかんなく発揮してくれたはずだったからだ。殿にこのような申し立てがありましたと取り次ぐことなどはたやすいことだが、頼りにされているからには、具体的な解決策を持ち合わせずに会いにはいけない。日が見る間に過ぎていった。これは長政の意気が緩んでいるとみて、心中を慮ったからだ。

そうこうするうちに今度は、長政から赤尾に相談したいことがあると持ち掛けられてきた。

一通の書状を見せられた。顕如からのものだった。

「我らの動きに対し叱咤したい思いがこめられていると読み取れるがどうかな」

読み終わるのを待って長政は、そう言って深く息を吸い込んだ。

「鉄砲薬二十斤とはたくさんな量ですな」

「それを使って戦えということだ。よほどの思いがこめられている」

「さようですな。おそれいりましたとしか言いようがありませぬ」

「頼むぞ、しっかりと号令をかけてほしいところでござる。この叱咤された気持ちを大切にせねばならぬ。亀裂を入れてはまずいゆえ」

「心得ました。私をして心せねばなりません」

と言いつつも石山本願寺からの申し立てを手元にとどめていたことに責めを負うかたちとなった。

「それに越前方に出陣の用意があるとあるが、双方で示し合わしたのだろう」

「その先頭に殿を立たす算段でありましょうか」

「それにまちがいなかろう」

「弾よけではたまりませぬ」

「どこまで本気か越前殿の思いが読み取れないところだが、これとて手前のやる気があるかどうか探られているかもしれないが」

「織田憎しということで、それぞれ抱いている存念はまちまちでござるが、火中の栗を拾うことだけはしたくありませぬ」

「いやその尖兵に祭り上げられていることだけはまちがいなかろう」

「織田上総介はいよいよ的を絞ってきたようにも……」

「我に向けてか？」

赤尾清綱は返事ではなく目を交わして応えた。

「まあ、ここに至ったからには、何らかの結末が待っている。それまでにお市の身の処し方を考えておくことが我の任務とこころえている。むざむざと矢面にたたせることはできない」

「美濃に戻られる意志があれば、事態はやにわに和らいでくるでありましょう。そのようにかねてから考えていることでございますが」

「講和に両者合意するという手立てをさしているのだな」

「さようでございます。だが、しっかりしたお方ゆえ頭ごなしに押しつけなどできかねるゆえに」

「美作守のいうとおりでござる。お市は、嫁として我にかしずいてくれているのはありがたいことだが」

「さようでございます。しっかりと小谷の方として成長なさっておられるのがはた目でもはっきりとわかります」

「この書状からは、ほかに上総介を追い詰める方策をまだ手の内に握っておられると、読みとれて仕方がない」

「義景殿の真意をくみ取ることは甚だ難しいのですが、ここに至っては確かめておくことはいかがでありましょうか」

「そうだな、わたしからその辺をたしかめてみよう。いまやることはこれだ。提案ありがたい」

長政は、父久政との連名でこの難事をいかに打開するか、織田方の攻勢をいかにかわすか協議の席についてもらえないかと義景に書状をおくった。だが、これに対しての返答は梨のつぶてだった。

おりしも、甲斐の武田信玄から浅井父子に簡潔な内容であるが気迫というより鬼気に迫る文書が送り届けられた。顕如の書状から四ヵ月あとのことである。武田信玄は元亀三年十二月、三方ヶ原の戦いで徳川家康を破り、遠江から宿志である上洛せんと動き出した。まず、宿敵の織田信長を追い払う必要があった。うまいもので、今織田方としのぎを削っている石山本願寺の顕如と信玄の妻は姉妹関係にあることから、顕如は武田信玄を動かした。信玄の宿願である上洛は、当然信長をしりぞけなくてはならない。いまこそ絶好のときであると、長政に加担する意志を示したのは当然のことであった。

これらの動きを見定めていた将軍義昭も、きっぱりと、信長と袂を分かつ狼煙を上げた。元亀元年四月、朝倉義景が金ヶ埼、天筒山城を攻めたときは、手を拱いただけで信長に対して、意に満たない思いで傍観していただけだった。だが、信玄が動いてくれたことで、欣喜雀躍ということばがぴったりとする状況となった。

長政は信長との膠着状態に憂慮していたが、このままではおさまりがつかなくなってきた。

義昭は長政を経て信玄に御内書を届けるように通知を寄こした。いよいよ次の一手をいかに打つか、一刻の猶予もなくなった。

「今度は、信玄殿の存在に意を強くなされたけれど、一発、ごつんとくらうと、へなへなと公方様はなされるので、いかに受け取っていいか真意を測りかねますが」と父久政に添え状をみせた。

「将軍の威光を過信なさっておられるようだ。もはや、将軍としての体をなさっておられるとはお見受けできないではないか。ここだけのはなしだが」

「石山本願寺の動きが奈辺にあるか、いまひとつわかっていないのですが、しかと膝を交えて確かめてみたい気がいたします」

「よく考えてみるがよい。どこまで浅井家の我々にこころを向けていてくれるかわからない。頭越しに事が進んでいるように思えてしかたがない。それは、今の我らの様子を穿ってのことではあるが」

「武田殿の勢いは半端なものではないので我らも余力を出しきれば、活路はひらけるかもしれませぬぞ」

「それしか妙案は浮かばぬ」

親子の会話には、間延びしたようで活気がない。

義昭の御内書は使者により信玄のもとに届けられた。信玄とて将軍からの御内書に意を強くしたのは確かだ。上洛するためにはこの御内書が物を言う。

そのころ、義昭の側近で将軍の知恵袋であった細川藤孝が義昭から距離を置き始め信長の膝元にすりよっていた。義昭は腹が煮えくりかえって、細川藤孝を面罵したが、腹の虫は治まらなかった。細川藤孝は涼しげな顔で義昭のもとを去っていった。ここを好機にと信長は将軍の今までの所業にいちいち口をくどいように挟む「異見十七ヶ条」をおおやけにした。さすがの義昭も苦笑だけでは収まらず面子をつぶされた。憤怒の形相は見るにたえないものがあった。

（今に見ておくがよろしいぞ、上総之介。いまに音を上げる時がきているのを知るがよい）

このように信長の面を思い浮かべながらうそぶくのがやっとだった。

信長は、信玄の動きに神経を高ぶらせてきたのは言うまでもない。信玄といえども将軍義昭に突き付けた「異見十七ヶ条」の条文を見て、そこまで手足をがんじがらめに締め付けていく巧妙な才知に一目を置かざるを得ない心境にさせられた。

顕如をはじめ次から次へと浅井長政に与した者が増していくのは、信長としては沽券に関わる問題だと歯がゆい思いから、正に討つ相手は浅井長政だとはっきりと的を絞った。

長政が目の上のたん瘤にみえてきた。まずは顕如の率いる一向一揆に箕浦合戦で木下秀吉の才覚で打撃をくわえることができたが、次は朝倉義景の気勢を削ぐことに着手した。まずは小谷山の前の虎御前山に前線基地を設けることだった。むざむざと敵の砦ができていくのを見て浅井方は、この二百二十九米の小高い丘陵をしっかりと押さえておかなかったことは後の祭りだったと知った。この山には、もともと長政の旗頭、赤尾清綱が砦をもうけていたことから、彼の悔いるところがわかるというものだ。織田方は南北に一里ほどの尾根筋に陣を次々に構えていた。南から北へと、多賀貞能《さだたか》、蜂屋頼隆、丹羽長秀、滝川一益、堀秀政、織田信長、木下秀吉、柴田勝家と精鋭が小谷山に向けて睨みを効かせる。

余談になるが、陣所をつくるにも何らかの配慮がなされている。それは信長の神仏に対しての考えが反映されているといえよう。というのは、滝川陣所から織田信長砦までの間には三十三基の古墳が集中しているがそこには陣所、砦は作られていない。また小谷城制圧後に速やかに砦などは撤収されたという。神を畏れ敬う信長の性分による。

いつ虎御前山から鏑矢が撃ち込まれるかもしれない事態にあり、長政は朝倉方に援護の要請をしたが、対応は鈍く長政は不満を募らせていた。やっと、手下の朝倉景鏡が、七月十八日に「越前衆先勢」として着陣した。

すでにふれたように義景は小谷城へ出張《でば》る事を告げると、母高徳院は心配のあまり憔悴仕切った。そのさまを見て、後ろ髪を引かれる思いにさいなまれる。一方長政は「目出度出陣ナリ」と鼓舞して陣容を整え始めた時にまた阿閉貞柾が事もあろうに信長から過分の黄金をとって寝返ったことを知った。これは一大事と長政は義景に泣きついた。ようやく二十四日になって、義景を筆頭に朝倉景健、魚住、前波など一万五千騎の軍勢を引き連れて一乗谷を出た。二十八日には柳ケ瀬まで進んだが、その日は大風のため大獄の陣屋は破損がひどく足止めをくらった。義景勢が陣屋に着いたのは三十日になっていた。

朝倉義景はいつになく多弁になっていた。

「いよいよ本性をむき出しか。かような時こそおつむを働かすのだ。そなたであれば、この期に及んでいかような策をあてはめるか」景健はすでに奇策を弄するしか事態を転換させることはできぬとの考えに至っていた。その策は天の啓示だと自分に言い聞かせている。

「さようですな。小手先の策では刃がたちませぬ。小谷の面々この場にいかように立ち向かおうと考えておるのでしょうか」

この場をいかに凌ぐかの策を示さないのをみて、義景は、かっと目を見開いた。

「忍び入らせて、火をはなつのだ」

「ええっ」

景健は言葉にならうめきに似た声をあげた。

「おぬしには思いもおよばぬことよ」

義景らしい冷めた笑顔になった。

思わぬ作戦に煮え切らないまま、人選に頭を抱えた。

朝倉方の諸侯に当たるなか、その策に賛同した景盛が従者の中から豪胆な猛者二人をつれてきた。すんなり決まった。当然、景盛は応分の褒美をせがんだ。

「何を急いだことをいうか。まだ事にいたっていないのに」

景健は癇癪玉を炸裂させたい思いをぐっと堪えた。

以後のいきさつは、『朝倉始末記』の「虎御前山之城入小屋放火之事」によろう。景健が選んだ、虎御前山に忍び入り、相手をかく乱させる任を背負った二人の猛者は、甲賀者だった。宵の口になるのを待って難なく、虎御前山に紛れ込んだ。その夜は風雨にみまわれていた。城内を観察し、拍子木を打ちながら夜回りする城兵の後に付き、火を放つ場所を物色していると、その挙動に異心を持たれた。

「その恰好は、なんとも不審、なにをしているのか」と呼び止められた。

「へーい。我らは、木下の忠臣でいま城内をみまわりいたしておるところ。殿に直々の命を受けておるものでござるが」

と、平然とおたおたするところもなく、その場をにごした。その挙動に咎めた者も、納得してそれ以上疑うことはなかった。さすが鍛えられた諜者だけのことはある。そこで長居は禁物と、風上の小屋に素早く火をはなった。風の勢いで瞬く間に火の手は盛り、次々と火の手はのびていく。

「あっー。夜討ちだ。たばかられた」

と、二人の犯行は見破られ、城内は火消しのために大声が飛びかい、浮き足立ち、ままならぬありさまで混乱のるつぼと化した。だから二人の逃げ道もたやすくできて、大嶽の陣所にもどれた。

この甲賀者を統べている景盛は景健に、

「今回の放火した者の忠節抜群でござっただろう。ここからその火の手を遠望され、さぞかし留飲を下げられたことと存ずる。我らに過分の褒章を申達願いたい」と、せっつく。

「見事だった。しかとそのむね伝えよう」

だが、この騒動は虎御前山の織田勢に火に油を注いだ結果となった。放火もすぐに消し止められ、主要部分への打撃を与えたほどではなかったことから織田勢をいきり立たせたきらいがあった。

「策に溺れ、的を射たと到底いえない」と、義景は不服の極みで、褒美らしいものはなかった。奇策が遂げられなかったからには、これ以上わが勢が火の粉を一手にかぶることはできないと軍をいったん撤退することで、腹を括った。この判断は、深慮に欠けるものだ。到底信長には抗し切れないと認めたにちがいがない。一方で、元亀三年十二月武田信玄は遠州三方ヶ原で徳川家康をねじり伏せ、その勢いを信長に向けるため温存していて、一気に近江に軍を進めるため足利義昭とも示し合わせ、勢いを削がれた本願寺顕如や、まだ越前の朝倉方の地力を利用する手立てを巧妙に立てていた。だが、朝倉が戦意にほころびをみせ、小谷城援軍の手を引いてしまったのを知り、落胆より義景の脆弱な心魂に怒りを覚え、義昭には義景のふがいなさをなじり、また、義景本人には書状を送りつけ抗議している。だが、その気力は張り詰めていたのだが、彼はすでに病魔に取りつかれ、思うままにならないところまできていた。症状は悪化の一途をたどっていたのだ。脆くも、天正元年四月十二日信州伊那の駒場で没した。五十三歳だった。ここで信玄が密かに絵を描いていた、信長を破り天下に躍り出る雄図ははかなくも途切れてしまった。信玄の無念さは計り知れないものがある。彼は自分の死んだことを三年間、口外しないという命を遺言の第一とした。

「おお、逝かれたとー。なんたることだ」

長政、久政ともに信玄の死を知らせる密使の書状に強い衝撃を受けた。先に驚愕の言葉を口にしたのは久政だった。奥歯をかみしめて、知らせの字面を何度もたどっていた。

「運が悪い。どこまで、我らを孤立させるのか、天罰を被るようなことなどしてこなかったのに」

と、久政は悔しさを増幅させている。

「かくなる上は、肝を奮い立たせる以外に方途はみつかりませぬ。奮起が今だからこそ、要請され使命を果たすときでございます」

長政の顔は見る間に生気がみなぎり赤くそまった。まだ久政に伝えきれない意思を抱きはじめていた。ここで浅井長政は、今まで心の底に持ちつづけていた退嬰的な態度から進取の途を切り開くのは自分しかないと舵を大きく切りかえた。

「おそらくあちらにも、急逝の知らせはとどいているはず。もう一刻の猶予も許されまい」

「本丸をつぶす算段を練っているに違いないでしょう。我が軍勢を今こそ速やかに鼓舞して、迎えうつ態勢をととのえまする」

「それでよい。どのように情勢が一変するかわからない。油断だけは禁物」

信長勢に立ち向かう合意がなされた。

信長は叛心の策略を露わに示し始めた足利義昭とはっきりと袂を分かったため行動を鮮明にしはじめた。それと同時に小谷城攻略の端緒を開く手始めとして、秀吉、柴田勝家に命じて小谷城の浅井方への挑発に取りかかった。すでに織田方に降りた磯野員昌を道案内させ伊賀の諜者を使い夜襲を謀り、探りをいれてきた。小谷城下の市場に火をはなち城門を打ち破り城内に突入しすすんだ。哨兵はそれを許さじと果敢に向かいうち予想に反して秀吉、勝家勢は翻弄させられた。長政は勇猛にも手を緩めることなく指揮して、火縄銃で相手を混乱に陥れた。闇夜のゆえ、松明の明かりが功を奏し、秀吉方は視界が一向にきかず退散の憂き目に遭った。馬に蹴散らかされた犠牲者がおびただしく、大打撃を受けて虎御前山に逃げかえった。この冷静沈着な采配は見事だった。しかし織田勢はそれも計算に入れていた。小谷城を安全に取り囲むには山本山の諸将を降ろさせる策に出た。まず阿閉貞征の調略に取りかかった。援軍を求められない中、自軍の犠牲者をおびただしくだして、織田信長に寝返った。いともたやすく包囲網を築けたことで、信長は意気込んで虎御前山に布陣した。長政にとっては痛恨の極みに陥った。追いつめられた久政、長政は重臣の赤尾清綱と垣見助左衛門を呼んだ。

大嶽《おおづつ》城を守らせていた裏山の中腹の焼尾砦の要所にいた浅見対馬守も信長に降り、櫛の歯が欠けるように次から次へと浅井方から離れていく家臣がでた。

「熊谷次郎左衛門、河毛清旨、小堀左京亮など保身の術にたけた者ばかり。いかにも小賢しい知恵を捻りだせたものだ」

赤尾清綱はにがにがしく彼らをそしる。

「動揺が我が方にはうずまいている。今さら戻ってはこない。手前の力量、人柄のせいでかえすがえす悔やまれるところ」と、長政は弱音をはく。

「かくなる上は再度、越前勢に加勢を要請いたそうではありませんか」

垣見助左衛門は長政の逡巡を払いのけるように提案した。

「越前にはまだ十分に力を温存されている。一刻も早く、助左衛門のいうとおり頼むことだ」

久政は、ふっと息を継いだ。

すぐに飛脚が越前に飛んだ。これに応じるため、義景は朝倉景鏡と魚住備後守に出陣を命じるが、人馬の疲労がひどいともっともらしい言い訳で出陣に応じない。この辺の所は『朝倉始末記』の「江州義景進発之事」で先を案じ浅井方に加担することの是非について内情をのべている。

すでに、山本山城主の阿閉貞征や浅見対馬守が浅井家の行く末が旦夕に迫っているとみて、むざむざと誠心を信長に納めてしまったことに朝倉方には動揺がはしった。勿論義景は家臣の心の揺れ様を感じ取っていた。母君の高徳院に出陣のあいさつに行き、三献の盃で銚子から注ぐ手元はふるえている。

（できることなら、この一乗の谷にとどまっていてほしい）

そのような思いが、母親の顔から読みとれた。義景も伏し目がちに盃を受けている。その二人の間の空気をお互いに読みとっている。この場に同席していた老臣は義景に相手方は軍勢をますます増やしているので十分な太刀打ちはできまい。それに、今回陣地を構える柳ケ瀬は両側が高い山で逆茂木を設けるにしても場所的に狭く、敵の攻撃に際して条件が悪いので小谷山の方がよいのではないかと注進する。むろん腰が引けている義景が、小谷山での陣地を置く考えがないことを読んでいる老臣は、それであればと、きっぱりと出陣をあきらめさせるための進言であった。だが、老臣の老婆心をよしとしない者は、

「軍勢の数のみで勝敗を論ずるのはいかがなものか、智略を尽くしてこそ武将の本務があるというものだ」と反論する。そんなことでまとまらない態勢づくりに手間取っているうちに浅井方から支援の要請が何度もとどく。

気を病み憔悴した高徳院は、藁をもすがる思いで、気比大明神にお伺いを立てた。するとその日になって白の帷子に朱色の切袴姿のかんなぎ（巫女）が訪れてきた。気比大明神からの御使いという。曰く、「明日、義景江州へ御越候ナラバ、一定難ニ相セ玉フベシ　御出之事ハ御無用ナリ」と伝えよと頼むが、かがり火番の者は、

「なんというたわけ者か、どうにも道理に合わないことを言うぞ」

鼻であしらい追い払ってしまい取り次ごうとはしない。

このかんなぎが伝えに来た神託を高徳院が受けていたら、義景の決断も変わったに違いがない。

（我が由緒ある守護代である越前の朝倉家の力量を頼ってくれている以上、座視のままでは

義理が廃る。いまこそ律儀者になろう）

朝倉義景は二万の隊を組んで、天正元年八月九日に敦賀に止まっていたが、柳ケ瀬に着陣し、翌十日に木之本の田上山に陣を移した。だがやはり義景の腰はひけていた。前回は大嶽城の護りの砦、山崎丸に陣を取ったが、今度は小谷城には近寄らず距離をおいていたのが凶と出た。信長は義景の様態を鋭く見抜き、

「大嶽、と丁野城を潰そう。そこで両陣営は浮足立つだろう。さすれば朝倉から打ち取っていけば事は簡単に進む」

そこで朝倉方から鞍替えした前波吉継を手招きして呼び寄せた。

「いかにもいかにも越前は薄情だ。浅井方をむざむざと無駄死にさせるのもしのびない。諸手を挙げて降りるように説得いたせ」

「気心の知れた者同士、今は立場が違うとも、たやすいごようと存じます」

大嶽城の背面焼尾丸で守備していた浅見対馬守も信長の軍門に降りていたが、その者の案内で大嶽城攻略にとりかかった。

前波は大嶽城にいそいだ。折しもその時、生暖かい突風に見舞われ、一寸先は闇で雷鳴が轟き、稲光と共に陣地の小屋から落雷による火の手があがった。

大嶽城には小林六左衛門と斎藤刑部少輔など朝倉の家臣が五百ばかりだけ守っていた。織

田勢が攻め上れば、後詰めの朝倉義景本隊が追い討ちをかける手筈であったが、常に信長のやりかたである、攻撃を仕掛けるのではなく巧みに近づき、思うように手なずける策を今回も取った。

「後詰めの助太刀の動きもない。動きを封じられているのであろう。割に合わない役をすすんで引き受けたものだ」

斎藤は、気力を削がれてしまっている。

「繰り言を申しても仕方がないではないか」

小林はそう諭して、

「むざむざ首をはねられる前に、決断をいたそうではないか」

「いかなることを」

「互に腹を切ることではないか」

「望むところでござる」

織田の武将が陣地を連ねている虎御前山を眼下にとらえることのできる、天守にのぼった。

そうはさせじと信長からの使者の前波吉継が城門を破り二人の前にあらわれた。

「いかなる遺恨を抱いておられようが、そなたらの命を安堵するために参った。ここは私の旧知の間柄で受けた恩に報いさせていただきたい」

「速やかに我らを介錯するということか」

「なんの、ちがう。警護をかため送り届ける役目を親方から懇ろにたのまれた」

しばらくの間、両者の押し問答は続いたが、結局、前波に従って大嶽城にいた朝倉方の兵と共に義景の田上山の陣に戻った。信長方が制圧した大嶽城の本丸には火が放たれたが、浅井勢もなす術がなく長政は歯ぎしりをして地団駄を踏んでいた。そのうねり逆巻く炎を田上山から遠望していた朝倉方にはあきらめに似た騒ぎがおさまらない。次はこの陣に火が放たれるという怖れにおののいた朝倉方は、柳ケ瀬へと陣を戻した。

陣では退却か応戦かでかまびすしいほど我の思いを言い張る者が出て義景もいかに指揮を執ればと考えあぐねていると、山崎吉家が進み出て、

「応戦など我が勢だけでは歯がたちませぬ。智謀揃いの勇将が名を連ねております。ここから一刻も早く撤退し我が一乗谷に帰るのが真っ当な対処だと考えます。どうかな、式部大輔？」と同意を促すようことばを向けた。

「殿の一存に委ねるしか考えが浮かばないが」

と、同名衆としては責任を放棄したい言いぶりで返した。

「殿とて我が家臣があってこそのはなし。ここにきては朝倉家を潰してはならぬことだけは肝に銘じなければならぬこと」と、なにを申すかと反撥のつぶてを打ちたい気持ちをおさえ

た。この朝倉式部大輔景鏡はすでに朝倉義景に見切りをつけ、木下秀吉に内応していたが、最後まで馬脚を露わすことはしなかった。

「退却をよしとしても、我には報いなければならない義理が備前守にはある。退却する旨懇請せねば救援に参った責務を放棄したことになる」

「そのような気兼ねなど殿には御無用でありましょう」と、景鏡は一笑に付したい気持ちだった。

「いや殿として当然のお気持ちをお察しいたします。しかれど、この期に及んで対面して申されるなど切羽詰まった折から無理なご様子。かくたる密使を使わせれば任は全うできるものと存じますがいかがでありましょう」

「なるほど妙案。一刻も早く、人えらびをなしてもらいたい」

と、義景は山崎の提案に首肯して、渋い顔から笑みにかえた。

先ほどから、山崎の進言に頷いていた同名衆の朝倉掃部助景氏《かげうじ》は、

「こう決断されたからには、浅井方に使者を出す一方で、織田勢が追い討ちをかけてくるのは必定ゆえ夜が更けぬうちに疋壇まで退きましょう」と義景をうながした。

目的地の疋壇までの道半ばまで進まぬ刀根坂まですすむと、織田信長を先頭に軍勢が鬨（時）の声を上げておってきた。

「皆、応戦だ。逃げるな！」

と山崎吉家は声をからして檄をとばすが、馳せ散らされるので、戦意をうしなう者ばかりで、浮足立ち従う者はいない。


一返モ不返、只我先ニト、山嶮岨ヲイトワズ馳重リケル間、或ハ谷ヘ堰落サレ、或ハ高岸ヨリ馬ヲ駆倒テ、其儘ウタル者アリ、只馬具ヲ抜捨テ、逃伸トスル者アレドモ返合戦ハンズル者無リケル『朝倉始末記』

疋壇まで五回応戦したが討死した者の中に山崎吉家もあった。十五日の夜、一乗谷に帰り着いたのは義景ほか五、六騎だった。その中に朝倉景鏡が生き延び随行していたが、彼にはすでに信長から刺客としての役目を担わされていた。かくまで非情な執念を燃やすのが信長の本性だ。

景鏡の巧妙なすすめで、義景は大野の賢松寺に身を隠した。それと並行して一乗谷は放火された。哀れな末路を悔やむまもなく、景鏡は軍勢で寺を包囲された。

義景のいる書院の襖越しに景鏡は、

「ここに至ったからには、潔く腹をめされよ」と、大声でせまった。

目をかっと見開き、

「我の往生際など気遣うな！」

絞り出すような声を上げて、腹をきり、なおも、そばの者に、

「早く始末をしてくれ。それ火を放ってくれ」

と、たえだえに声をはいた。彼にとっては、越前の守護職を担ってきたという誇りがあった。だが、織田信長が天下布武を打ち出してからというものその誉高い誇りはむざむざとくずれさってしまった。悔しさが幾重にもかさなったまま、八月二十日、四十一歳で最期を遂げた。信長にとっては、義景の人柄をつかめぬままに終わった。もはや鼻柱を折るべき者は浅井長政、久政父子だけになった。

信長の和議を断る

話は戻るが、信長が一乗谷侵攻のため越前の龍門寺に陣を構えたのは、八月十八日だった。それから八月二十六日、虎御前山の信長の本陣に木下秀吉ら武将と共に戻るまで、小谷城では、悲愴な空気が満ちていた。長政は武将らしく自分の処し方を固めていた。それにしても、お市やこの年、生まれていく月も経っていない三女を含め三人の子どもの行く先を案ずるとき、気絶するほどの懊悩においつめられていた。

産後の肥立ちもよくお市は、秘めた熱いおもいをいだいていた。

「もう幾日もたたない間に、城は幾重にも包囲されるだろう。これもわたしがまいた種による。多くの重臣まで巻き添えを被らせ、次から次へと去っていくのも当然のこと。それでよい。咎のもとはわたしにある。縁が切られたとわめいてもよいが、この城からぬけ、生き延びてもらいたい。純真無垢な子らを道づれにできない」もはやこれ以上に思いを告白するものはないとばかりに挑みかかるような面相でいいわたした。いつもの柔和な顔ではなかった。

「いずれこの時がくるとおもっていました。殿御の清廉なきりっとした心の持ちように、わたしはこころを奪われてきました。ゆえにこのようにやや子を幾人も産んだのですもの」

「なんとうれしいことを申すのじゃ。涙がほとばしるではないか。よいか今晩中に城をでてくれ。姉の寺に一時的にも身を置いて様子を見るのじゃ。すでに手配はしてあるゆえに」

「わかりました、今長々と問答を並べてもしかたがありません」

「ありがたい。娘たちの将来を見守り育ててほしい」

お市はあふれる涙をぽたぽたと膝に落とした。その涙はこの先に自分に与えられた運命であり、それに従うという決心のあかしだった。浅井方には、まだ忠誠な諜者がいた。長政はただちに実宰庵の姉、昌安見久禅尼にお市母子が朝方のうちに着くので以後良しなに取り計らうようたのんだ。長政と姉の間ではすでに母子をかくまう話はなされていた。小谷が追い詰められていくに従い、姉は綿密な脱出のやり方を考え懇意な信者がいる池奥という在所の者に手助けを頼んでいた。この地は小谷山の裏側に当たり、織田勢の軍勢の監視はおよんでいない。そこからは、搦め手に通じる尾根道があった。その経路であれば昼間でも敵が気づくことはなかった。ここから実宰庵までお市らが生き延びる脱出の話になる。

これからの話は地元の言い伝えでしか残っていない。むろん『信長公記』には一切ふれられていない。このことから、お市を城から救い出したい切ない信長の願いは、落城直前には、果たせなかったといえよう。『總見記』、『浅井三代記』などによると、お市が輿入れの時に藤掛永勝と不破河内守が輿添えで従ったがそれらの者により信長の弟織田上野介信包《のぶかね》のもとに届けたとある。これが歴史書では通説となっている。だが、地元の口伝えは、確たる証拠になる記録など存在しない限り、埋もれることなく、その地域だけで生き続けなければならない宿命にある。ここではそれをもとに話をすすめよう。

いよいよ遺恨を晴らす相手は、浅井久政、長政の二人となった。だが、長政の妻まで道連れにすることは、信長とて、はらわたがちぎれるおもいにさらされる。

信長は、はたと膝を打った。

「河内守、たっての我の願いをはたしてもらいたい」

「殿の願いなど耳にしただけで身ぶるいがいたしますが――」

「備前守に、ここに至ったからには素直に城を明け渡すこと、応じるならば、決して疎略な扱いをいたすつもりがないということを伝えてもらいたい」

「承りましたが、ご名代とはいえ拙者にはいかにも荷が重すぎまする」

大仰に二、三歩引き下がった。

「なんとな。河内守はお市が嫁ぐとき、宰領をつとめてくれたじゃないか。ここは、いかに相手を説き伏せる智略にたけていても、備前守にはそなたが適任だ」と、信長は引きさがらない。

だが、交渉が不発におわったことを告げると、

「頑是なきことを申すものだな。我が戯言と受け取られては情けない。今度は三蔵（藤掛永勝）と共に折伏に努めよ」

と、語気を強めて申し渡した。

「浅井家とは昵懇の間柄は他人が申すまでもないこと。我が殿は、お市様の立場や心中を深く憂慮され、円満に講和いたすことを特段決心されたのでござる。このところをよく玩味され我が殿の意を受け承引願いたい」

と、時間をかけて、繰り返し申し渡すが、長政は、信長の和解を固辞し、河内守や三蔵を落胆させるに余りがあった。

戸口まで見送りもせず正坐のままで立たずじまいだった。長政は凍りついたように微動もしない。未練ありそうに長政のいる書院に目をふり向けたとき、するすると縁の角を曲がって現れたのがお市だった。彼女の顔はあくまで瞳が透き通るようで、口元をかすかにほころばせている。

「かような椿事の渦中にとりなしのお役目まことにありがたく頂戴いたしました。ただいまお耳にとどいたとおりでございます。どうか殿御のもうされた心をよしなにお汲み取り願いたく私からも念じ上げます」

と膝を少しかがめ深く頭を下げたままでいた。ところが、懐から折りたたんだ紙片を、不破河内守がうなずいて足元の下足に目を落とした間に藤掛の手に握らせた。二人は心が通じたのか目線が合った。藤掛はその紙片をきゅっとにぎりしめた。

その脱出は城内の者にも知らされず夜半になってからのことだった。小谷城の最上部の山王丸の六坊から裏側に当たる北方向の峰を下ると池奥、北野という集落にでる。この山路は、在所から城へ木炭を運ぶのにも使われている。だから地元の者たちは地形にはくわしい。月明りだけで夜道を歩ける。実宰庵の昌安見久尼に信者である池奥集落の肝煎《きもいり》（総代）がこの経路を勧めていた。長政からの密使の連絡を受けた庵主はすばやく肝煎に伝えた。肝煎の沈着な手回しで集落の者がすぐさま集められた。

「幼子では砦の前後は歩けまい。もっこにお乗りいただこう。新しいのを用意してくれ」

もっことういうのは、竹や縄で編んだものの四隅に担い棒を通し、前後を肩で担ぐ土砂などの運搬に使われた用具で、まさしく土塁などの土盛りには欠かせない当時はなじみの用具である。

「姫様にお出会いしても言葉をかけてはならぬぞ。くれぐれもそつのなきようつとめてもらいたい。われらの在所までお供するのが役目だ」

「このような事態は殿のいかばかりの心づもりか、恐れ多くておもいもおよばぬ。身体がしびれるくらい、重苦しい。なにが起きているかしるよしもないが、殿の思いやり慈しみの心で領民を統べられた。いまこそ我どもは忠義一丸となって謝恩すべき時ではないか」と肝煎に次いで自分の思いをのべる長老がいた。担ぎ手の若者は腕で目頭をこすりながら声を詰まらせる者もいる。

「いざお迎いに上がろう」

肝煎が指揮を執り、出迎えに息せき切って山路を急いだ。

搦め手口ではすでにお市と娘三人に侍女が待っていた。

「どうか導いてくだされ、たのみます」

侍女は肝煎の顔をみとってほっとしたようだ。

「難儀なお役目を受けていただき深く深く感謝申し上げます」

と、お市は礼を尽くす。肝煎以下は深く一礼をして下山の準備にかかる。

山王丸から六坊にぬけると峰続きの源正寺谷（月所丸）にはもう一カ所、砦が築かれている。小谷城、大嶽城の背面を防備するためだ。その砦には、大きな高い土塁が二箇所あり堀切もありこれを越えるのは難しい。しかし彼らはそれを通過する術を会得している。侍女が胸に抱いていた三女の娘も着物で巻いて、もっこに乗せ終えると、肝煎は、

「よし」とだけ号令を出した。

先頭に長老と肝煎が、次に三人娘のもっこを担ぐ若衆が、続いてお市と侍女が最後に数人の集落の者が続く。下りであるので滑りやすい。侍女は足を滑らし尻もちをついた。

「だいじょうぶ？」

とお市は振り返り侍女を抱え起こす。

「ああびっくりしたこと」

と、その声からは痛手を受けていない様子。

「あのような杖を所望いただけませんか」

お市は先を案じているようだ。

「はあ、ぬかっておりました、ただいますぐに」

と、肝煎は自ら藪に入り適当な枝を切りにわか作りの杖を与えた。

万華坂から克己坂までは緩やかであるが、立志坂からは急になるその中ほどから右に入り下ると池奥に至る。その途中に炭焼き小屋がある。そこで粗末な野良着に着かえて夜明けを待つことになった。

「何という天運を賜ったことでございましょう。至らぬ我どもの任務よりもそなた様の信念がまさっておりました、ここからは同行はできませんが我どもはそれぞれ、散って、庵に御着きになるまでしかと見届けますゆえご承認を賜りたく存じ上げます」

肝煎は土間に額をつけ、感極まって背中を波うたせている。

「何というお力添え、後生までも忘れませぬ」

お市は、自ずと出てくる本音をつたえた。この立志坂から池奥の集落にいたる坂路は後に「こじき坂」と呼ばれるようになった。

秋の田では稲刈が始まる時期で田には百姓が朝から出て、いち早く田に火が放たれるのを恐れて、もくもくと稲刈に励む。その頃合いをねらい、侍女の懐に三女を、お市の両手には娘の手をつなぎ稲穂が垂れている田のあぜ道を選んで、腰をこごめて抜け出るのだった。いま織田軍は追手道の正面を固め、耕作地までは監視の目は行き届いていないのが幸いであった。健気にも二人の娘はひもじさにもぐずることなく、また末の子は侍女の腕の中で寝入っていたのがなによりだった。

実宰庵に着いたときは疲れ切っていて、一杯の水を口にして息を吹き返したのだった。

「いまから後はお市様の意に添いながら今後の処し方を見出したく存じます」

お高祖頭巾姿の庵主の悠揚迫らざる応対ぶりは、澄み切ったまなざしからもわかった。

お市母子を見送ってからというもの長政の顔が赤く腫れたようになった。動悸がしきりとする。長政は家臣に自分の覚悟を伝えるために、はやばやと姉川上流曲谷《まがたに》の石工を呼んで、石塔をつくらせた。石塔の裏に浅井家の菩提寺の和尚がつけた戒名を納めた。懇ろな読経がはじまると、自分が最初に焼香し、続いて大広間に集めた家臣に焼香を勧めた。

「誰からでもよいではないか」と、勧めるが進んで応じる者がいない。長政の決断がよみとれていないことと、いよいよ来る時が来たという動揺が家臣を金縛りに遭わせてしまった。

「参集した皆がもれなく線香をあげてもらいたい。たっての願いでござる」と、催促をする。

石塔の前に進む者が出てきたが、中にはむせび声をあげる者がいる。言わずもがな忠義を尽くしてきたからには、自分等も腹を括る時がきたと感じたからである。だが、ここに至っても忠義を全うせんと、思いを新たにする者が大半の中、重臣の者からも信長に内応する頃合いを見定めているものもいた。それが中丸を守備していた、浅井一族の浅井井規、大野木茂俊それに三田村左衛門である。

いよいよ八月二十七日信長は、秀吉を虎御前山の本陣に呼び、小谷城へ突入せよと、檄をとばした。

「我が陣から見わたせる小谷山を注視いたしておりますと的を京極つぶら（京極丸）にしぼり、下野守と備前守を分断しそれぞれを追い込むのが最善策と存じます」

「いずれの道を選ぶか策はもっているか」

「むろん追手道からでは至難であり、降りた浅見対馬守に問いただしたところ、かの者が守備していた焼尾から越前に抜ける忍道を進み小丸の下方を伝って京極つぶらに攻め上るが最上だと存じます」

諸兵を引率し暗くなってから敢行した。防備に夜を徹して明け暮れている浅井軍勢をしり目に京極丸に到達し、すでに内応を示し合わせていた大野木等は、京極丸の虎口を警備していた門兵を無言のまま長刀で薙ぎ払うと浅井井規が進み出て、門扉を軋ませながら開いた。城の最上部に山王丸それから下に小丸、京極丸、中丸、本丸、赤尾屋敷と連なっているが、その小丸に浅井久政が、本丸には長政が構えていた。京極丸を秀吉が奪ったことで、分断されてしまった。

寄手は小丸を守る久政の八百あまりの雑兵がいたがもろともせず、いっさいにわめきたてて、塀をよじ登り、また塀を破りその突進は濁流が逆巻くような怖さに守兵は腰くだけをきたす。

「もはやこれまで、わたしが果たすことをやるだけだ。しばし刃《やいば》を差し込むのを防いでくれたまえ。それも敵とても人倫をもちあわせているはずだ」

そのことばには腹を据えた剛胆な武将の生きざまが示されていた。千田采女《せんだうねめ》東野左馬助政行などに命じた。

この言葉を聞き取ったように両者は凍り付いてしまった。奥座敷に続いて入ったのは、浅井福壽庵と久政が風雅の友としていた鶴松太夫だけだった。

三人は杯をいただいてかわし終えた。

いよいよというとき、長政は、何とか遁れてほしいと勧めている。


御諚有難奉存候、元来ツタナキ道ノ者なから、いかなる冥加ニてもや候ひけん、片時御前ヲ罷退事も御座候ハず、日比ハ歴々御相伴衆御座候へ共、唯今残少ニ見へ候、乍怖太夫め御かいしやく仕候ハんとて（嶋記録）

このようにとつとつと情けを受けた心情を吐露するのを、敵方も固唾をのんで聞き耳を立て、しわぶきひとつ聞こえなかった。

いよいよその時が来た久政は、おもむろに床の間の軸を眺めてから燭台の火をけした。もうそこからは一刻の猶予もならないようにもろ肌になり、「よいか頼む」と声を抑えて短刀を握った。

鶴松太夫は縁に下がり、うめき声をあげると、敵は唐紙を蹴破り、久政の首をもちさった。

信長の最大の怨念を潰すべき標的は長政のみになった。いかに処するかで、京極丸で動静をうかがっていた信長の心は揺らぎに揺らいでいた。その揺らぎの一つはお市がまだみつかっていないことだった。

「決して火をはなつな。くまなく探すのだ」

お市を見つけるまで、長政を追い込んでは元も子もなくなるからだ。信長はまたもや城を明け渡すように誘いをかけた。長政も信長の心の持ちようを再度鋭く衝いて懺悔のあかしをたてることができればその場に出たいという望みがのこっていた。確かに揺らぐ心を抑えきれず黙考をくりかえしていた。

(父はよしとするか聞いてみたい。離れた重臣が多い中にまだ忠臣はいてくれている)

しばしの間の猶予を敵に認めさせて小丸にいる久政に会う段取りをとらせたところ、赤尾清綱が、久政の存在を調べさせた。

「残念無念なことでございます。すでに一昨日、身罷られたのでございます」

「うといこと、何も存ぜず、手を合わすことがいまになってしまった。父のいた小丸にまいる用がなくなった。ここに至ってはそなたの屋敷で最期をとげたい」

一時の心の揺らぎをここではっきりとたちきった。赤尾屋敷に入ると、長政は硯を用意させて、いく通かの感状をしたためた。片桐孫右衛門に出した物が最後となった。忠節がぬきんでていたことを謝している。

赤尾屋敷に入り込むと信長は厳重に周りを包囲させた。

（備前守決断したな。こちらの誘いを手破りするなら、それでよい）

信長はお市の安否を確かめる存在を失うことを歯ぎしりして悔やんだ。

「屋敷の住人に追腹させず捕らえよ」

長政らに、まだお市の安否を問い詰めたい思いを捨てずにいるからだ。信長は諦めていない。

杯を交わそうとしたとき、槍先が戸板を破った。刀で返そうと構えるままに赤尾美作守と浅井石見守亮親《すけちか》は難なく捕縛され連れ出された。

（辱めを被ることはさせじ）

その言葉をむなしく赤尾は聞いた。

長政は矢を防がせ奥の間に入った。介錯を命じられた木村太郎次郎が後に従った。

ほどなくして長政の首は信長の前にあった。

「またゆっくりと眺めることにする。いまはそのような気分にはなれぬ」家臣は信長が大喜びの顔を心ひそかに描いていたが、あてが外れ引き下がる。次いで前に引き出されたのは赤尾、浅井亮親だった。

「何度も聞くがお市はどこにいる。返事に命がかかっている。申せ！」と絶叫するが
「存じ得ぬ」と赤尾はくりかえすだけ。

「そなたらは、備前守と同じ穴のむじな。容赦はないものと心得よ。いまひと時の間を与える故、翻意の意を示せ」

「同じ穴のむじなと、申されたが、いかにもたとえが邪推すぎると存ずる」

浅井亮親は信長を柔和な顔で諭す。

「講釈等など並べさすために対面しているのではない」苦々しくにらみつけ、引きさがらせた。

長政の末期を見届けた段階では、織田信長は、「年来の御無念を散ぜられ訖んぬ」（『信長公記』）という宿願をやっと果たせたものの、ほくそ笑むような心境にはまだなかった。

幾日も小谷山から煙が尽きることなく立ちのぼっているのをお市は実宰庵からそっと障子を開け眺めては、愛染明王の念持仏を抱きながら後生を願うばかりであった。

ここ数日というもの、庵主、昌安見久尼は本尊聖観世音菩薩の前で読誦に没頭している。山から抜け出るのに連れ添ってきた侍女もこの先のお市母子の事を案じるが、口を添えることをひかえている。

庵主はお市にことばをかける頃合いをみはからっていた。お市母子を預かると申し出たのは、小谷攻略に乗り出したとき、長政父子と会って決めたことで、それだけ覚悟の末のことだった。

「そなたさまが小谷の方になりきっておられると浅井方から承ったので決断ができたのです。備前守のもとに嫁ぎ、その後もしっかりとつつましくお支えいただきました。備前守から詳しく聞くにつけわたくしも一肌脱がねばならぬと心にいいきかせたのです。これから先も小谷の方として支えさせていただきたいと存じます」

頭を深くさげて、一言ひとことをかみしめながら自分の思いを述べた。それを神妙な顔つきで聴いていたが、お市は突然、笑い声をあげた。

頭を上げながらお市の顔を見返した。

「もったいないおことばありがとうございます。庵主様が一肌脱がなくてはならないと申されたので、にわかに心が晴れやかになってきたのです」

「なにゆえに？」

まだ腑に落ちない様子であった。

「大事に至ったならば、おぬしも一肌脱いでほしいと義兄《あに》から申しわたされたのです。しかし殿御がはっきりと織田家に背を向けたとき、私は一肌脱がず殿御に従いました。今度は、庵主様がしっかりと一肌脱いでいただきたくこのようにお願いいたします」

と、庵主の膝前までにじり寄り頭を下げた。お市が顔を上げると、二人は固く手を握った。その様を端で眺めていた侍女は目に涙をあふれさせていた。

日が経ち、寺の肝煎が仏前に備える新米を口実に庵主に会いに来た。お市の行方を追って織田方の回し者が在所をくまなく訪ねあるいていると伝えた。

　庵主は策を練っていた。

　お市から藤掛永勝のことはすでに聞いていた。本人ならばよいが誰がくるかわからない。周りの家々も秋の取入れもまだ済んでいないが戸を立てて人影はない。だが、庵主は侍女に庭を掃くようにつたえた。すると針に魚が飛びついたように探索の者が庵の門をくぐった。

「そのような畏れ多いお方をかくまっていると。そのようなことをなす分際ではない。かようにに線香の香に包まれて仏を護持している身。疑うのはほどほどにしてもらいたい。そなたの主の名を申せ」

大柄な庵主の柔和な顔が一変して今にも仁王立ちせんばかりに息巻く。

「主と？」

「頭ということだ」

まだ、あえて不遜なふりをする。

「藤掛殿だ」

「さようか、しかと伝えるように。具足を脱いで、しおらしくも線香の一本でもあげにきてほしいと。それが武将の矜持である」

探索の者がほうほうの体で門を出るのをみとどけた。

さすがの庵主も額の汗をぬぐいながら、お市の子らを衣の内から出してはっと一息をついだ。

「生きた心地がしませんでした。何とお礼を申していいか」

「いざとなれば私とて豪胆になれると知りましたね。それにしてもお子たちは、しわぶきひとつせず、わたしの腰にしがみついていましたよ。おりこうちゃんなこと」と庵主は三人の頭をなでる。

「一難去りましたが、藤掛殿お一人で訪ねて頂ければよいのですが、徒党を組んで来られれば困りますわ」

「まず藤掛殿を頼りにせねばなりません。わたしは精一杯努力いたしますから、心配ご無用」

お市が怖気付いてきたと見とって、庵主は自分の胸をたたいた。

「何とかして探し出そうとしているので気がかりです」

「かくまってほしいとの長政殿からの要請でしたが、今後の身の振り方についてはお考えをお持ちでしょう。なあにここでずっといてくださっても少しも気にしなくてもよろしいよ」

「いやいやそれはご迷惑になりますから」

「何か思いつくことでも？」

「うまく藤掛殿が来て下さったら、義兄の動向をお聞きしてよければ尾張に戻る判断をしたいのです」

「信長殿の許に？」と予期していなかった考えを聞いて、

「そうですか、考えてみますとそうすることが一番良い解決策かもしれませんね。信長殿は一刻も早くあなたにまみえることを待ち焦がれておられることでしょうよ」

「義兄の性格は偏執狂的なところがありますから、身内といえ打ち首にするかもしれません。その時は従容として従いますが、この子たちだけは絶対にそうはさせませんから」

「それは、当然ですよ、尾張に帰っても、安穏に暮らせるように藤掛殿に尽力してもらう術しか途はありませぬ。私からも懇願いたしますとも」

「庵主様がそばにいてくださっているので、わたしは気丈夫でいられるのです。どうかくれぐれも庵主様よろしくお支えくださいませ」

お市は庵主の膝近くまで進み出て頭を畳にすりつけた。庵主は優しくお市の肩に手をやり、お市をいたわった。


この後のいきさつは、読者の想像におまかせしたい。史実は史実として。

藤掛永勝がお市の輿入れに従ってから、再びお市母子が、織田方へと小谷から帰る段取りに命がけで当たったことだけは確かだ。


もう小谷山の頂が白くなるころだった。

参考資料

浅井長政のすべて　編著小和田哲男　新人物往来社
近江浅井氏　小和田哲男　新人物往来社
戦国残照　編著志村有弘　勉誠出版
織田信長読本　新人物往来社編　新人物往来社
考証織田信長事典　西ヶ谷恭弘　東京堂出版
織田信長不器用過ぎた天下人　金子拓　河出書房新社
信長と家康　清須同盟の実態　谷口克広　学研
桃山時代の女性　桑田忠親　吉川弘文館
日本史探訪　お市の方と淀君　著者代表　角川書店
織田信長総合辞典　編著岡田正人　雄山閣
若越郷土研究五十九巻　佐藤圭　福井県郷土史懇談会
朝倉氏と織田信長　福井県立一乗谷朝倉氏遺跡資料館
浅井氏三代　宮島敬一　吉川弘文館

足利義昭　奥野高広　吉川弘文館
歴史読本（織田信長合戦）第38巻16号　新人物往来社
青史端紅　高柳光壽　朝日新聞社
織田信長　桐野作人　新人物往来社
朝倉義景のすべて　松原信之　新人物往来社
信長公記　校注者桑田忠親　新人物往来社
信長公記　榊山潤訳　教育社
古典文庫（信長記）　編著松沢智里　古典文庫
群書類従（江濃記）　編纂者塙保己一　続群書類従完成会
史料徳川夫人伝（以貴小伝）　校注者高柳金芳　新人物往来社
続群書類従（織田系図）　発行者太田藤四郎　続群書類従完成会
甲賀郡志　甲賀郡教育会編　名著出版
蓮如・一向一揆（朝倉倉始末記）　校注者笠原一男・井上鋭夫　岩波書店
浅井三代記　復刻者木村重治　小谷城址保勝会
東浅井郡志　黒田惟信　東浅井郡教育会

著者／江竜　喜信（えりゅう・よしのぶ）
1944年　滋賀県米原町(現在の米原市)に生まれる。彦根市役所を2005年退職。主な著書に『一期の決断　大谷刑部』『小早川金吾秀秋』『由比正雪の乱』『高綱と重源』『霊峰、伊吹山を歩く』等多数

決断《けつだん》　浅井長政《あざいながまさ》とお市《いち》

二〇二四年（令和六年）九月一五日　初版第一刷

編著者　江　竜　喜　信
発行者　佐　藤　由美子
発行所　株式会社　叢文社
〒112―0014
東京都文京区関口一―四七―一二
電話　〇三（三五一三）五二八五

印　刷　株式会社　丸井工文社

定価はカバーに表示してあります。
乱丁・落丁についてはお取り替えいたします。

ISBN978-4-7947-0843-4